JN216909

溺愛処方にご用心

登場人物紹介
アルベルト
エミリアの夫で、
優秀な魔法医師《クラドール》。
エミリアのことを大事にする
いい夫ながら、研究となると
周りが見えなくなることも。
エミリア
穏やかで恥ずかしがり屋な
新人魔法医師《クラドール》。
アルベルトとの仲は良好だが、
彼の研究馬鹿な一面には
ちょっと悩んでいる。

ラウル
クラドール教会の人間で、
ロレンツォの助手。
冷静で公正な男性。
ロレンツォ
エミリアとアルベルトの恩師。
穏やかな明るい人柄で
二人のことを
気にかけてくれている。
グイド
隣町で診療所を営む
魔法医師《クラドール》。
腕はいいが、なぜか
あまりいい噂が
ないようで……
ジータ
オスカルの娘。
想い人がおり、
アルベルトに
惚れ薬を依頼する。
オスカル
領主であり、ジータの父。
迷信深く気難しい男性。
妻の忘れ形見の娘を
溺愛している。

——どうしてこんなことになっているのだろう？

エミリアのそんな疑問は、次々と生み出される快楽に流されてしまう。愛しい夫の指先に肌をなぞられ、口付けを落とされる度に「ダメ」という二文字が薄れていく。

頭の天辺《てっぺん》から足の先まで、すべてが性感帯になり、空気さえいやらしくまとわりつくように感じた。

ふと、テーブルに置かれた小瓶が視界に入り、この行為の始まりを思い出す。

エミリアは夫が試作した薬を飲んで、その効果を確かめる手伝いをするはずだった。

熱心な頼みを断りきれず、紅茶に入れて飲んだところ……身体がじわじわと火照《ほて》り、触れられた箇所から痺《しび》れにも似た甘い刺激が生まれ、鼻にかかった嬌声《きょうせい》が漏《も》れてしまったのだ。

エミリアに淫《みだ》らな反応が出たことで、この薬は失敗作と判明した。本来なら、すぐに中和して改善策を講じなければならない。

——それなのに、なぜ？

「こんなに濡《ぬ》れるのは初めてじゃない？　ああ、また零《こぼ》れてきた」

「あ！　ん……っ」

大きく開いた足の間で卑猥《ひわい》な言葉を口にされ、エミリアの身体はふるっと震えた。

恥ずかしくて身を捩《よじ》ったつもりだったのに、彼にその先をねだるように腰を揺らしてしまう。

そんな反応を楽しんでいるらしい夫は、クスッと笑って蜜が零《こぼ》れる泉に口付ける。ぬるりと生温かい感触が秘所を這《は》い回り、エミリアは仰《の》け反《ぞ》った。

「はぁ……っ、あ、ああ……」

跳ねる腰を押さえつける強引な手とは対照的に、優しく舌で嬲《なぶ》られ、愉悦《ゆえつ》を追うことしか考えられなくなっていく。

気持ちよくて、どうにかなってしまいそうだった。

「ああ、あっ——」

一瞬、頭の中が真っ白になると、すぐに身体が痙攣《けいれん》し、汗が噴き出す。

ズボンを寛《くつろ》げる音が、遠くで聞こえた。

「……もう少し、いろいろしたかったけど……我慢出来なくなっちゃった……」

掠《かす》れた声が耳に届くと同時に、エミリアに覆《おお》いかぶさる大きな身体。

「や、待って……今、だめぇ……」

あっと思ったときには、遅かった。

いつもは優しくエミリアを求める夫が、性急に彼女の中へ昂《たかぶ》りを沈めた。快楽に染まる思考の片隅で、エミリアは再び誰にともなく問う。

どうしてこうなったのだろう、と。

そして、激しく淫《みだ》らな情事のきっかけとなった、薬の小瓶を視界の端に映した。

ああ、そうだ。これは、あの惚れ薬を作る依頼が舞い込んだせいだ。あれから夫は研究に夢中になり、この淫《みだ》らな薬を作り出した。

その発端《ほったん》は、領主の娘が診療所を訪れた、一週間ほど前のこと——

＊＊＊

眩《まぶ》しく降り注《そそ》ぐ太陽の光、暖かな風とそれに揺られる小さな花たち、小鳥のさえずり……窓から吹き込む春の匂いに、エミリア・ファネリは頬を緩《ゆる》め、大きく息を吸い込んだ。

この町に引っ越してきた頃は、まだ肌寒い日が多かったのに、風は思ったより早く春を運んできてくれた。そんな風に感じるのは、きっと生活が充実しているからだろう。

エミリアは鼻歌を歌いながら、手にしていた箒《ほうき》を掃除道具入れへ片付けた。それから階段を上がり、生活スペースにしている二階へ向かう。

「アルー？　そろそろ診察の時間だよ」

「うん。今、行くよ」

エミリアがリビングに顔を出すと、アルベルトがちょうど白衣を手に取るところだった。彼は、穏やかな微笑みが素敵なエミリアの夫である。

柔らかなダークブラウンの髪はきっちり整えられていて、清潔感が漂《ただよ》う。似合いの黒縁眼鏡《くろぶちめがね》は彼の知性を表しているようで、エミリアはとても好きだ。

彼女がアルベルトと、ラーゴという小さな田舎町《いなかまち》へ引っ越してきたのは、一ヶ月ほど前のこと。結婚を機にここへやって来た二人は、ファネリ診療所を開業し、クラドールとして働いている。

クラドールとは、魔法で病気や怪我を治す職業だ。

このマーレ王国が位置する大陸には、他に三つの国が存在し、それぞれ違う種類の魔法を使う人々が住んでいる。

マーレ王国は水属性を操《あやつ》る民の国で、その魔法の性質は繊細《せんさい》な医療行為に向いており、優秀なクラドールが育つことで有名だ。

彼らの治癒《ちゆ》魔法は他国でも重宝されている。

そのおかげで、マーレ王国は大陸で一番小さな国ではあるものの、優秀なクラドールを派遣出来るという利点を活かし、他国と良好な関係を築いていた。

アルベルトとエミリアは、マーレ王国の中心地で最先端の魔法治療を学び、クラドールとなった。

「エミリア、どうしたの？」

アルベルトは、ぼうっと自分を見つめたまま動かないエミリアに気づき、首を傾げる。

「え！　あ、ううん……その……」

彼はエミリアの一つ年上で、彼女より早く正規のクラドールとして働いていた。その上、エミリアが研修を終えてすぐに結婚したので、恋人だった期間は長かったけれど、エミリアが彼の働く姿を間近で見られるようになったのは、新婚生活が始まってからなのだ。

そのせいか、クラドールとして働くアルベルトは新鮮で、いまだにドキドキしてしまう。毎日会っている夫に見蕩《みと》れていたなんて恥ずかしくて、エミリアは慌てて首を横に振る。

「な、何でもないの……」

エミリアがもじもじしつつ視線を上げると、彼はクスッと笑って近づいてきた。

「また恥ずかしがってるの？」

「だって……そ、それは……やっぱり、アルのクラドール姿はかっこいいなって……白衣も似合ってるから」

今日のアルベルトの装《よそお》いは、洗い立ての真っ白なシャツに、グレーのズボンとベスト。そこに白衣を羽織《はお》れば、完璧なクラドールである。

朝から爽《さわ》やかなアルベルト……本当に、ため息が出るくらいかっこいい。

ただでさえエミリアは、落ち着きがあって優しく頼れるアルベルトが大好きだというのに。

「それは嬉しいな。エミリアも似合ってるよ。可愛いクラドールさん」

「も、もう……！」

アルベルトのからかい交じりの言葉に、エミリアは彼の腕を軽く叩いた。それが照れ隠しだとわかっている彼は、クスクス笑って彼女の手を取る。

彼はそのまま階下の診療所へ向かおうとしたが、何か思い出したらしく、立ち止まった。

「どうしたの、アル？」

「ハンドクリームが出来たんだよ」

アルベルトはそう言いつつ、握っていた妻の手を口元に持っていき、ちゅっと甲にキスをする。

そして手を離して、ダイニングルームのテーブルに置いてあった小さな籠《かご》を持って戻ってきた。

エミリアの手荒れに夫が気づいたのは一週間ほど前だったろうか。よく彼女の手に触れる彼は、妻の肌の感触がほんの少し違うだけで心配してくれる。

エミリアが自分で作ったハンドクリームを愛用していることは、アルベルトも知っていた。だが、最近は治りが遅いのではないかと、ハンドクリームの処方までしてくれたというわけだ。

「はい、これ。使ってみて。保湿力を重視して作ったんだ」

「ありがとう！」

アルベルトの薬はよく効く。学生時代からずっと彼と一緒にいたエミリアはそのことを十分理解していた。これで、乾燥肌の悩みは解消されそうだ。

「あと、こっちは香りをつけてみたよ。エミリアが育てているハーブを少しもらったけどね」

エミリアの手にクリームの入った小瓶を置き、アルベルトは籠《かご》から違う小瓶を取り出す。彼女に見せたそれを籠《かご》に戻すと、また違う小瓶を手にした。

「香りは何種類か作ってみたから、お気に入りを教えて。今度、それをたくさん作ってあげる。あ、こっちは防水タイプ。汗にも強いし、食器を洗うときでも使えるよ。あと――」

「ア、アル、ちょっと待って。一体、いくつ作ったの？」

次から次へと籠《かご》の中から小瓶を取り出す夫に、苦笑いが漏《も》れる。

「ん？　十種類くらいかなぁ。香りをつけるのが楽しくて、思ったより増えちゃった」

そう言った本人は楽しそうに籠《かご》を傾けて、中身をエミリアに見せてくれた。小さな籠《かご》はたくさんの小瓶でぎゅうぎゅう詰めだ。

おそらく、薬としての効果とエミリアの好みや生活を考えて作ってくれたのだろうけれど、それにしても作りすぎだ。一つずつの量は少ないが、すぐに使いきれる量ではない。

ハンドクリームを作ってもらえることになったとき、エミリアは彼の作るものなら間違いないと楽しみにしていた。それに、彼が研究室に籠《こ》もるのは日常茶飯事なので、あまり気に留めていなかったが……

熱中するとどこまでも突き詰めていく夫の研究魂《だましい》には、危うさを覚えてしまう。複雑な気持ちだった。

とはいえ、自分のことを気遣ってくれるのが嬉しいのは本当だ。

「あ、ありがとう」

エミリアはフッと肩の力を抜いて笑う。

頼れる夫の、子供のような探究心。結局、エミリアはそんなところも含めて彼が大好きなのだ。

「どういたしまして。それじゃあ、もう行こう。診療時間に遅れてしまうよ」

アルベルトも目を細めて微笑み、籠《かご》を元の場所へ戻すと、再びエミリアの手を取った。

「うん。えっと、今日はマルコくんが再診に来ているよ。初診の患者さんは二人……だから、今のところ診察希望は三人。お薬の追加をもらいに来る人がいたら私が対応するね」

二人で階段を下りながら、エミリアが今日のスケジュールを伝える。

「うちに来てくれる患者さんも増えたし、この町の人は皆、親切でよかったね」

診療所に来る人がいるというのは、それだけ怪我や病気をする人がいるということなので、素直に喜びづらい。

けれど、困ったときにエミリアやアルベルトを訪ねてくれるということは、つまり、町の人々が二人を信頼してくれているということだ。エミリアはそれがとても嬉しかった。

「そうだね。エミリアが気に入ってよかったよ」

最初、エミリアは生活に少々不便な田舎町《いなかまち》への引っ越しに不安を抱いていた。アルベルトと一緒とはいえ、知り合いも全くいなかったからだ。

しかし、クラドール養成学校のあった王都で忙《せわ》しない日々を送っていた二人にとって、のんびりとした生活は憧れでもあった。何より、人々の役に立ちたいという思いはアルベルトもエミリアも同じ。

まだ診療所がない町でクラドールとして医療行為に従事しようということで、二人の意見はまとまった。

そして、エミリアがクラドールの国家試験に合格してすぐ結婚し、ラーゴでの新婚生活をスタートさせたのだ。つまり、エミリアにとってラーゴでの生活は、妻としてもクラドールとしても初めてのことばかりの新生活だった。

しかし、エミリアの不安を余所《よそ》に、町の人々は二人を歓迎してくれて、とても平穏な日々を送っている。

普段の生活は都会に比べたら不便だけれど、時間がゆっくり流れ心に余裕が出来た。市場は少し遠いが、野菜や果物は新鮮だし、味も文句ない。自然もいっぱいで、診療所の近くに綺麗な湖があるのも、エミリアのお気に入りだった。

「それじゃあ、マルコくんを呼ぶね」

診察室へ入り、アルベルトが机のカルテにザッと目を通したのを確認してから、エミリアは声をかける。

「うん、よろしく」

アルベルトが頷いたので、エミリアは仕切りのカーテンを開け、待合室へ出た。

「皆さん、おはようございます。今から診察を始めます。順番に名前を呼びますので、もう少し待っていてくださいね。最初はマルコくん、どうぞ」

「わぁ！　僕、一番だ！」

呼ばれた少年がパッと立ち上がって、笑顔でエミリアの方へ小走りに近づいてくる。

「エミリアせんせー！　僕ね、もうね、元気なんだよ。だから、今日はアルベルト先生にお礼を言いに来たんだ！」

「マルコくん、元気になってよかったね。でも、診療所では走っちゃダメだよ。他の患者さんもいるからね」

エミリアはしゃがんでマルコと視線の高さを合わせ、彼の頭を撫《な》でて言い聞かせた。

マルコはくすぐったそうに笑い、「はい」と素直に返事をする。

「エミリア先生、すみません……何だか風邪を引く前よりも元気になってしまったようで」

マルコの母親が困り笑いでエミリアに頭を下げた。

「いいえ、元気なのはいいことですから！　さぁ、中へどうぞ」

エミリアは仕切りのカーテンを片手で持ち上げ、二人を診察室へ促《うなが》した。

「やぁ、マルコ。もう熱は下がったかな？　少しお腹を触らせてね」

「はーい」

アルベルトが眼鏡《めがね》の奥の目を細め、椅子に座ったマルコに微笑む。マルコは彼の指示に従って、服の裾を捲《まく》ってお腹を見せた。

「ちょっと冷たいよ」

そう前置きして、アルベルトは優しくお腹に触れ始める。魔法を使って炎症などの異変を察知する診察だ。手のひらから微弱な水の波動を出すため、触れられるとひんやりする。

「よし、大丈夫だね。熱もないし……薬もちゃんと全部飲んだ？」

「うん、全部飲んだ！　あのね、あのね！　アルベルト先生の薬、甘くて美味しかったよ！」

クラドールは診察や治療の他に薬の調合もする。基本的な薬にはマニュアルがあるが、正規のクラドールならば、手を加えることも可能だった。

もちろん、患者さんへ処方する前にはきちんと治験《ちけん》を行うし、クラドール協会――国内の診療所を管轄《かんかつ》している機関への申請が必要だ。

ただ、マニュアル通りに作っても、そのクラドールの技術によっては、効果の高い薬になったりする。薬を混ぜるときの魔法コントロールが、成分の分泌《ぶんぴつ》を左右するためだ。だから、薬の効果が診療所の評判に直結する。

今のところ、ファネリ診療所は町民の評価も上々といったところだ。

「この子ったら、時間でもないのに薬を飲みたがって大変だったんですよ。前は飲ませるのにとても苦労したのに」

マルコの母親が、息子の頭を撫《な》でながらクスクスと笑う。

「だって、グイド先生のはまずかったもん……」

グイドとは隣町でスペルティ診療所を営《いとな》むクラドールだ。エミリアたちが引っ越してくる前は、ラーゴには診療所がなかったため、住民はわざわざ隣町まで行かなければならなかった。

しかし、アルベルトとエミリアがこの町へ来てからは、人々はファネリ診療所を利用するようになっている。

「でも、苦い薬はよく効くよ。マルコだって、苦くてもちゃんと飲んだから元気になったんだよね？」

「うーん……そうだけど、お母さんがね、お薬飲まないと湖の魔女が来て僕を食べちゃうって言ったんだよ。だから無理に飲んでたの」

それを聞いて、マルコの母親が苦笑する。

「ラーゴの湖にまつわる言い伝えなんです」

ラーゴにはとても綺麗な湖があって、そこに関係する昔からの言い伝えがある。魔女というのは、子供に言うことをきかせたいときに使うにはちょうどいい伝説のようだ。

「魔女はとっても怖いんだ！　人間を湖の中に連れて行って食べちゃうんだって。長い髪と目の色が青で、それから手のひらに……えーっと、黒い点々がついてるの」

マルコが母親から聞いたらしい魔女の特徴を説明してくれる。彼はエミリアを見て、あっと声を上げた。

「エミリア先生も、手のひらに黒い点々あったよね」

以前、マルコを診察したときに見ていたのだろう。確かに、エミリアは左手の小指の付け根辺りに二つ、黒子《ほくろ》があった。髪も、色は黒に近いが青みを含んでいるし、瞳の色も青だ。髪色はマーレ王国でも珍しい色なので、少し目立つ。

エミリアはクスッと笑って、左手をマルコに見せた。

「そうだよ、ほら。マルコくんが悪い子だと、私が魔女みたいに怒っちゃうかも」

「えーでも、僕、エミリア先生は怖くないよ！　だって、僕を元気にする魔法が使えるもん。あ、そしたら、エミリア先生はいい魔女なんだねぇ」

口元に手を当てて笑った彼は、すぐにキュッと眉根を寄せた。表情をコロコロ変えて、まるで百面相だ。

「マルコくん、どうしたの？」

急に不安そうな様子になったマルコに首を傾げ、エミリアは問いかける。

「あのね、魔女がエミリア先生を仲間だと思って連れて行こうとしたらどうしようって、心配になったの」

「大丈夫だよ。エミリアのことは、僕が守るからね」

アルベルトがふふっと笑って、マルコの肩をポンと叩く。

「そっか！　僕も、魔女が来ないようにいい子にする！」

「そうしてくれると、僕たちもお母さんも嬉しいよ」

そう言って、アルベルトは「薬をちゃんと飲めてえらかったな」とマルコを褒《ほ》めた。

「えへへ……」

すると、マルコは頬を染めて照れる。

「僕ね、アルベルト先生が好きだよ！　優しいし、お薬も美味しいし。アルベルト先生、僕を元気にしてくれてありがとう！」

「どういたしまして。でも、これからは風邪を引かないように気をつけることも大事だよ。外で遊んだら、ちゃんと手を洗ってうがいをすること」

「うん、わかった！」

「いい返事だね。それじゃあ、今日の診察はお終《しま》い」

アルベルトはマルコに笑いかけ、カルテに短いメモを書き込む。

「どうもありがとうございました」

「アルベルト先生、エミリア先生、バイバイ！」

マルコは母親に連れられて、診察室を出て行く。後ろを向いて手を振ってくれるマルコを、エミリアも手を振って見送った。

「マルコくん、すっかり元気だね」

「男の子は元気が一番だよ。元気な女の子もいいけど、女の子ならエミリアみたいに恥ずかしがり屋さんなのも可愛いかもね。ちょっと人見知りで、いつもお兄ちゃんの背中に隠れているとか……」

ほわんとした表情になって、未来の家族を想像しているらしいアルベルトに、エミリアの頬がポッと赤く染まった。

「も、もう……気が早いよ。アル」

「ふふ、また照れてる」

「ほら！　次の患者さん呼ぶからね」

「うん、お願いします」

エミリアは火照《ほて》る頬を手で包み込み、アルベルトに背を向ける。それから恥ずかしさを誤魔化すために、コホンと咳払いをしてカーテンを開けた――

＊＊＊

午後は多くの患者さんが来たので、アルベルトはエミリアに薬の処方に回ってもらうことにした。診察室では、彼が一人で診察を続けている。

「こんにちは、イラーリオさん。今日はどうされましたか？」

中年の男性、イラーリオが座ったところでアルベルトが尋ねると、イラーリオは腕の傷を見せた。

応急処置はしてあるが、少々深く切ってしまっているようだ。

「いやぁ、今朝の漁のときにね。こんなドジ踏むなんて歳かなぁ」

怪我をしていない方の手で頭を掻《か》き、イラーリオは苦笑いをする。

彼は腕がいいと評判の漁師だ。早朝漁に出て、獲《と》れた魚を奥さんと一緒に市場で売っている。

「歳だなんてことはないですよ。そういうこともあります。魔法を使いながらの漁は大変でしょう」

アルベルトは彼の腕の傷に治癒《ちゆ》魔法を施《ほどこ》しつつ答えた。

マーレ人は魔法で魚の群れを探知して漁をするため、釣りや捕獲の技術だけで漁の巧拙《こうせつ》は語れない。魔法の能力も収穫量に影響するのだ。

魔法で魚群探知をしながらの漁――つまり、精神力を使いつつの体力勝負である。他国にも漁師はいるが、マーレ人ほど卓越《たくえつ》した探知能力を持つ者はほとんどいない。それだけ、マーレ人が海の加護を受けているということだ。

「そんなこともないよ。物忘れも始まったみたいでな。やっぱり歳には勝てないもんだと実感しているさ。ああ、でも、最近はそれも落ち着いているかなぁ」

今はまだムラがあるが、だんだんとひどくなるものなのだろう。そう言って、イラーリオは「参った」とカラカラ笑った。

「物忘れですか。あまり無理しないでくださいね。ひどいようなら一度きちんと検査をしましょう。イラーリオさんの年齢では、さすがにまだ早いですよ」

本人は歳だと言うが、彼はまだ五十になったばかりの現役漁師。引退してぼんやりしているわけでもないし、普段の様子を考えても、老《お》いからくる症状は比較的軽いはずだ。

体力もあるし、力仕事のため身体も引き締まっており、肥満などの心配もない。食生活もバランスのよい奥さんの手料理中心だと、初診時の問診で確認済みだ。

心配そうなアルベルトに、イラーリオは笑って答える。

「はは、そうだね。でも、忘れるといっても、本当に些細《ささい》なことなんだよ。買い物に行ったことを忘れて同じものを買ってきてしまうとか……ああ、グイド先生のところに二日続けて行ってしまったこともあるなあ」

「そうなんですか？　でも、グイド先生が気づきそうなものですよね？」

すっかり治った腕に、皮膚《ひふ》の代謝を促《うなが》す軟膏《なんこう》を塗り込みつつ尋ねたアルベルトは、カルテに今日の治療について記す。

「いやぁ、あそこはグイド先生が一人で切り盛りしていて、いつも忙しそうだったから。そのときはたまたまそのまま診察してくれたみたいだ。それか、物忘れだなんて年寄りに喧嘩《けんか》を売らない方がいいって判断かもしれんな」

イラーリオは冗談めかしてそんなことを言い、盛大に笑った。

「まぁ、二回薬をもらっても、保存がきくから困らないよ。この前もちょっと風邪を引いたときに役に立ったさ。あ……でも、あの後も結局アルベルト先生に診《み》てもらったよなぁ。二回も同じことを忘れたのか……」

確かに、一週間ほど前にイラーリオを診た記憶がある。アルベルトは「そうですね」と答えつつ、念のためカルテを戻ってみた。

「風邪薬を処方していますね。グイド先生のものが効かなかったのですか？」

「そんなことはないよ。あの人の薬はちょっと高いけど、よく効く」

同じ薬でも、診療所によって価格が違うことがある。

なぜなら、地区やクラドール個人の薬草栽培技量によって、薬草を自給出来るか仕入れるかはそれぞれだから。多くの薬草を栽培出来るクラドールなら価格は安く出来るが、仕入れている場合は元値を賄《まかな》う必要があるのだ。

また、クラドール協会が定める利益率の範囲内での販売が義務付けられているので、その設定値にもよる。

つまり、同じ利益率でも原価の値段が違えば、定価が高くなったり安くなったりする。原価を下げられればそれだけ利益に繋がるということだ。

マーレ王国はクラドールが多いため、市場独占状態になることはほとんどない。価格を上げてしまえば、患者さんは他のクラドールを頼り、結局自分への打撃になるからだ。

それに人の命を救う職業柄、人々を騙《だま》そうというクラドールは少ないと、アルベルトは感じていた。

お金儲《もう》けをしたい者は、大抵が他国へ出稼ぎに行く。他国ではクラドールの需要の割に供給が少ないため、優遇されることも多いとか。

「まぁ、市場でもそういう物忘れをする奴が多くて、皆で歳には敵《かな》わないって話をするのさ。養鶏場《ようけいじょう》のところなんか、何度も同じ客に卵を配達したって笑い話になってな」

それを聞いて、アルベルトは少し考え込む。

年寄りとは言うが、市場の店を切り盛りする人々は皆、そこまで老《お》いているわけではない。少なくとも、診察に来たことがある人々は、総じて普段の健康状態は良好だった。

「ああ、でも皆ちょっと風邪気味だったからぼうっとしてたのもあるかもな！　ほら、ちょうどアルベルト先生たちが引っ越してくる少し前だよ。寒くて、風邪が流行《はや》ったんだ。グイド先生のところも、いつ行っても人が多かったよ」

「風邪……ですか」

確かに体調が悪くてぼんやりしていれば、そういうことも増えるだろう。薬を飲むと眠くなる場合もある。

「最近は暖かくなって、皆調子も良さそうだし心配ないよ。じゃあ、アルベルト先生、ありがとうな」

「あ、はい。お大事に」

綺麗に傷が塞《ふさ》がった腕を上げて礼を言い、イラーリオは診察室を出て行く。

アルベルトは反射的に返事をし、次の患者さんのカルテを手にした。

＊＊＊

その日の夜。

ちゃぷん、とお湯に身を沈めたエミリアは、思わず大きく息を吐き出した。

「ふぅ……」

診察を終えた後、夕食と一通りの家事を済ませ、お風呂に入る。結婚してからのエミリアの日課だ。

水気のある場所というのは、何とも落ち着く――お風呂は一日の疲れを癒《いや》す最高の時間だった。

マーレ王国は海に愛された国である。王国、ひいては水魔法の起源が人魚にあるという伝説が存在するくらいだ。マーレ人は、ほぼ例外なく水に触れることを好む。

クラドールの水魔法が傷や病《やまい》を癒《いや》すのと同様に、海や湖、それにお風呂でも、身体に染み込む水がマーレ人を癒《いや》すのだろう。共鳴とでも言うのかもしれない。

だから、一日魔法を使った後のお風呂はとても気持ちがいい。このお風呂はアルベルトが調合した疲労回復の入浴剤が混ざっているため尚更だ。

アルベルトの補佐が多いエミリアだが、患者さんが多いときは、彼女も一対一で患者さんを診《み》る。

随分暖かくなってきたものの、まだ季節の変わり目である今、風邪を引く人は少なくない。そのため、今日の午後はちょっと忙しかった。

魔法というのは、〝気〟と言われる精神力のようなもので操《あやつ》る。特に医療魔法はかなり繊細《せんさい》なコントロールが求められ、集中力も普通の魔法より必要になるのだ。だから、一日中魔法を使うと相当の体力を使うことになってしまう。無事にクラドール免許を取得したとはいえ、ペース配分や持久力など、まだまだ課題はたくさんあった。

エミリアはクラドールになったばかりで、一人で魔法治療が出来るようになって日が浅い。結婚や引っ越しという環境の変化もあった。そういった緊張もあって体力の消耗が早いのだと、自分でも感じている。

その点、アルベルトはペース配分もうまい。

(アルはすごいなぁ……)

エミリアは肩までお湯に浸《つ》かり、下ろした瞼《まぶた》の裏に夫の姿を思い浮かべる。

養成学校時代から、アルベルトはとても優秀で、端整な顔立ちや優しい性格もあって人気者だった。エミリアも当然、彼のことは知っていたし、年頃の娘だった彼女は彼に憧れ、淡い恋心を抱いていた。

そんな二人が接点を持ったきっかけは、学校の調合室でのこと――

学年末の試験前のある日。

エミリアは薬品調合の試験に備え、今まで習った薬の調合方法を復習していた。

(これだけ、うまくいかないなぁ……)

教科書通りに調合しているはずなのに、薬の色が濁《にご》ってしまう。火加減や魔法の使い方に注意して何度か試したが、一向に改善が見られない。

「はぁ……」

思わずため息が漏《も》れたとき、ふと手元に影が差す。誰かがエミリアの後ろを通ったのかと思ったが、影は動かないままだ。彼女は首を捻《ひね》って後ろを見た。

「え……ア、アルベルト、さん……？」

そこにいたのは、顎《あご》に手を当ててエミリアの薬品を見つめているアルベルトだった。眼鏡《めがね》の奥の瞳はとても真剣だ。

「興味深いね。こんな色になるんだな。君、この実はどこから採《と》ってきたの？」

「え？　あ、えっと、これは私の家で栽培していて……」

エミリアの両親は診療所を経営していて、敷地に薬草畑も所有している。学校にも畑があり、生徒なら自由に材料を使えるが、試験前の今は生徒でごった返し、薬草を選ぶだけでも一苦労だ。

その時間がもったいないと考えたエミリアは、両親から薬草を少し分けてもらっていた。

「へぇ……！　すごいな。これ、とてもよく熟しているよ。君のご両親は素晴らしいクラドールなんだね」

「あ、ありがとう、ございます。でも……材料がよくても私がうまく調合出来なくて」

エミリアがしゅんと肩を落とすと、アルベルトは彼女が参考にしている教科書のレシピを読み、うんうんと頷いた。

「学校の薬草類の成分はどれも標準に揃えてある。皆が使いやすいようにね。これは、実の質がとてもいいから、あんまり熱するとせっかくの成分が飛んでしまうんだよ。だから――」

アルベルトは丁寧に説明しつつ、手を動かして調合を始めた。他の薬草は最初から火にかけ、問題の実は最後に入れてサッと混ぜる。

すると、瞬《また》く間にお手本どおりの薬になって、エミリアは感嘆の声を上げた。

「すごい……！　ありがとうございます！」

「どういたしまして。それより、もう遅い時間だ。早く片付けよう」

エミリアが試行錯誤《しこうさくご》している間に、かなり時間が経ってしまっていたらしい。いつのまにか調合室にはエミリアとアルベルトしか残っていない。

アルベルトに手伝ってもらい、素早く片付けを終えたエミリアは、再び彼にお礼を言った。

「あ、あの……ありがとうございました。片付けまで手伝わせてしまって……」

「気にしないで。外が暗くなってしまったから、急いで帰ろう。家まで送るよ」

「え！　そ、そんな、平気です！　家はすぐ近くなので……」

エミリアが遠慮すると、アルベルトは即座に首を横に振る。

「ダメだよ。夜道を女の子一人で歩くのは危ないから。ほら」

「あ……！」

突然手を取られ、エミリアの胸がドキンと高鳴る。憧れの人に触れる恥ずかしさと嬉しさで、頬が熱い。彼女の意識は彼と繋いだ左手に集中してしまい、それ以上断ることが出来なかった。

その日から、アルベルトはエミリアを見つけると挨拶《あいさつ》をしてくれたり、調合室で一緒になればいろいろなことを教えてくれたりするようになった。

二人が恋人になったのはそれからすぐのこと。アルベルトの方から告白してくれた。本当は、調合室で見かけるたびに話しかけるタイミングを窺《うかが》っていたと聞いたときは驚いたものだ。

アルベルトは薬品の調合が好きで、授業の空《あ》き時間や放課後はいつも調合室や薬草畑で過ごしていた。二人が学生だったこともあって、自然と彼らのデート場所はそこになる。

二人で試験勉強をしたり、たまにとても難しい薬のレシピに挑戦したり……そんなことをしながら、将来の夢を話したり。

「ねぇ、アル。アルは、研修が終わったら研究の道に進むの？」

エミリアがそう尋ねたのは、彼女が養成学校を卒業して研修を始めた頃だ。

養成学校を卒業すると、クラドール候補生として二年間の実地研修が課せられ、診療所で実際に働きながら学ぶことになる。

「うーん。そうだね。研究はしたいと思ってるよ。クラドールの治療は苦しむ人々を助けられるけれど、健康維持には薬も大事だし……よく効いて、副作用もなくて、美味しい薬があったらいいなってずっと考えていたから」

「そっか。私はね、研修を始めて改めて思うの。患者さんが笑顔で診療所を出て行ってくれるのが嬉しいなって。皆に信頼されるクラドールになりたい」

エミリアの言葉を聞き、アルベルトは眩《まぶ》しそうに目を細めた。

「エミリアらしいね、それじゃあ、診療所で働くんだ？」

「うん！　アルは薬品開発部に志願するの？」

「そうだね……でも、一年だけかな」

「どうして一年なの？」

研究・開発がしたいのなら、一年という期間は短すぎる。

エミリアが首を傾げると、アルベルトは彼女の頭をポンと優しく叩き、片目を瞑《つぶ》った。

「エミリアの研修が終わるまで、だよ」

「私……？」

きょとんとするエミリアに、アルベルトはクスクス笑う。

「エミリアが正式にクラドールの資格を取ったら、診療所を開くよ。出来れば、まだ診療所がないところ……田舎《いなか》がいいな。家を買って、一階を診療所にするんだ」

「え……そ、それって……」

何だかまるでプロポーズみたいだ。

エミリアの頬が、かぁっと熱くなる。

「……嫌？」

「い、嫌じゃないよ……でも……」

気が早い、と言いかけたところで、アルベルトの人差し指が唇に触れる。

「だーめ。正式な申し込みは、後でちゃんとするから待ってて」

悪戯《いたずら》っ子のような笑顔に、エミリアはドキドキさせられっぱなしだ。

「優しいクラドールのお姉さんがいて、よく効く薬がある診療所なんて、人が殺到しそうだ」

「も、もう！　アルってば、患者さんは少ない方がいいんだよ？」

「ごめん、ごめん。でも……皆が笑顔の町って素敵だよね。そのためにはやっぱり健康が一番でしょう？　そのお手伝いが出来る仕事がクラドールなんだよ」

エミリアは大きく頷いて同意する。アルベルトの言う通りだ。

クラドールは、皆を笑顔に出来る仕事だと信じている——

（そのためにも、もっと頑張らないとダメだよね……！）

学生時代のことを思い返していたエミリアは、グッと拳《こぶし》を握りしめ、気合を入れた。

町の人々がアルベルトとエミリアを信頼して来てくれる。そんな彼らの期待に応《こた》えたいのはもちろん、皆が健康で元気に笑っていられる手伝いが出来るのは、エミリアにとっても嬉しいことだ。

それに、アルベルトは元々研究の方が得意である。多くの人が負担なく飲めて、よく効く薬を作るのが彼の目標だ。エミリアと結婚する前は、実際に薬品開発部に勤めていた。

エミリアが一人で更に多くの患者さんを診《み》られるようになれば、アルベルトが研究にあてられる時間は自《おの》ずと増えるし、集中出来るはず。

そうなれば、もっともっとたくさんの人を元気にすることが出来る。

今日もシャワーを浴びて夕食を食べた後、研究室に籠《こ》もってしまったアルベルト。そんな彼のことを考えつつ、エミリアはゆっくりと一日の疲れを癒《いや》した。

お風呂から上がると、エミリアは寝室へ向かう。

アルベルトはまだ研究室のようで、寝室は暗くて静かだ。きっと研究に夢中になっているのだろう。

普段は思いやりがあって温和な夫だが、研究のことになると少し危なっかしい。危険な薬を作ったり、禁止された薬草を使ったりすることこそないが、周りが見えなくなるというか……自分の納得が行くまで突き詰めてしまい、寝食を忘れることも少なくないのだ。

しかし、もう夜も遅い。明日も診療所を開くのだから、そろそろ寝る準備をしなければ……そう思い、エミリアは一階へ下りた。

研究室は診察室の隣にある。エミリアはその扉の前に立ち、人差し指でドアノブに触れた。多くの薬品が保管してあるため、アルベルトとエミリアの気でしか開かない施錠魔法をかけているのだ。

「アル？」

呼びかけに返事はないけれど、室内からは人の話し声が聞こえてくる。

「――はありますが、順調ですよ」

『気になることって？』

そっと扉を開くのと同時にアルベルトが振り返る。彼は手のひらに浮かべた泡に向かって喋《しゃべ》っている途中だった。

これは、ボーラという水魔法特有の伝達魔法だ。水泡を介して離れた場所にいる相手と会話することが出来る。

「あ、ごめんね……」

話の途中で割り込んでしまったことを謝った。だが、アルベルトは気にした様子もなく「大丈夫だよ」と微笑んだ。

「おいで、エミリア。ロレンツォ先生が、新しい町での生活はどうかって」

エミリアを手招きしつつ、アルベルトが言う。

「え！　本当？　ロレンツォ先生？」

ロレンツォは、アルベルトとエミリアがクラドール養成学校に通っていた頃に師事していた恩師である。知識が豊富で、クラドールとしての実績もあり、授業は丁寧でわかりやすかった。

彼は現在、クラドール協会の監査部門に勤めているはずだ。

『やあ、エミリア。ラーゴはどうだい？　診療所は順調だってアルベルトに聞いてね。監査にもいい評判が届いているよ』

エミリアが近づくと、泡からロレンツォの声が聞こえてくる。

「本当ですか？　よかった。私は、まだアルベルトのお手伝いが多いですけど……」

『いいじゃないか。夫婦は助け合うものさ。エミリアはゆっくり自分のペースを掴めばいい』

「はい……！」

ロレンツォの優しい言葉に、エミリアは頬を緩《ゆる》めた。柔らかな表情になったエミリアを見て、アルベルトも笑う。

「それじゃあ、ロレンツォ先生。また連絡しますね」

『ああ、またね。二人ともおやすみ』

「「おやすみなさい」」

パチンとボーラが割れて、アルベルトが立ち上がる。

「お風呂、ゆっくり出来た？　今日はちょっと疲れたでしょう」

「うん。でも、アルの入浴剤はよく効くから」

「それはよかった。だったら……」

アルベルトがエミリアに近づき、彼女の頭をポンと優しく叩く。それから髪に指を通し、頭の天《てっ》辺《ぺん》にキスを落とした。

「まだ起きていられるかな？」

アルベルトの声のトーンは低く、艶《つや》を帯びている。胸がトクンと高鳴ったエミリアは、恥ずかしさに彼の胸を押し返した。

「ア、アル」

「だーめ。寝かせない」

「きゃっ」

アルベルトは逃げ腰のエミリアの手を引いて、器用に彼女の身体を横抱きにする。

軽々とエミリアを抱えて部屋を出た彼は、階段を上がり、すぐに寝室へ辿り着いた。

柔らかなダブルベッドに下ろされた直後、エミリアはアルベルトに覆《おお》いかぶさられる。

「またそんな顔をして……可愛いね、エミリアは」

そう言いつつ、アルベルトは眼鏡《めがね》を外しベッド横の机に置く。

それからエミリアの頬をそっと撫《な》でたかと思うと、彼女の唇を優しく塞《ふさ》いだ。温かく柔らかい唇を何度か離してはくっつけ、舌でエミリアの唇をなぞる。

「ん……っ」

「……真っ赤」

「ん、だって……あっ」

エミリアの赤く染まった頬をからかうアルベルト。彼女は恥ずかしくて思わず顔を背《そむ》ける。すると、真っ白な首筋を差し出しているような体勢になってしまった。

案の定、アルベルトはエミリアの首筋にちゅっと音を立てて吸い付く。彼の熱い吐息に肌をくすぐられ、ピクンと身体が跳ねた。

「あ……っ、んん」

寝衣の肩紐をずらしつつ、アルベルトの唇が胸元へ下りていく。やがて乳房を露《あらわ》にされ、エミリアは手を胸の前で交差させた。

だが、アルベルトはすぐにその手を除《の》けてしまう。

「エミリア、ちゃんと見せて……」

「ん、やぁ……」

何度身体を重ねても、生まれたままの無防備な姿を見せる羞恥《しゅうち》には慣れない。エミリアは恥ずかしさで震えながら、アルベルトを見上げた。

彼はエミリアの両手を器用に片手で押さえ、もう片方の手をふっくらと形のよい乳房に滑《すべ》らせる。

「胸、柔らかいよね……お風呂上がりだと尚更、体温が高くてそう感じるのかな？」

ふにふにと優しい手つきで揉《も》まれると、くすぐったいような、じれったいような……波間を漂《ただよ》っているみたいな不思議な気持ちになってしまう。

エミリアの体温が高いというが、アルベルトの手も温かくて、触れられると熱を感じる。

彼はフッと笑い、妻の手を押さえていた方の手も膨らみに滑《すべ》らせた。

両方の胸を揺らされ、彼の親指でその頂《いただき》をくるくる撫《な》でられる。

「アル……見ちゃ、やだ……」

情欲の色を灯《とも》した瞳でじっと見つめられながら胸を揉《も》まれるのは、観察されているみたいで恥ずかしい。

エミリアは手で顔を覆《おお》い、彼の視線から逃れようとした。

「隠さないで、エミリア」

「やっ、恥ずかしいから……」

エミリアはふるふると首を横に振って拒否する。一方で、身体は快感を素直にアルベルトに伝えてしまう。

「そう？　でも、気持ちいいんだ？　ここがそう言ってる」

「あっ！」

アルベルトに胸の頂《いただき》を人差し指で弾かれた瞬間、エミリアの口から嬌声《きょうせい》が零《こぼ》れた。彼女は自分の声にかぁっと頬を染め、唇を噛《か》み締める。

「噛《か》んだらダメだよ……エミリア。可愛い唇が傷つくでしょう？」

アルベルトはそんな妻を咎《とが》め、ぺろりと彼女の唇を舐める。胸への愛撫《あいぶ》を受けながら唇を吸われると、次第に力が抜けた。

その機を見逃さず、アルベルトはキスを深くし、ざらついた舌でエミリアのそれを捕らえた。擦《す》り付けられ、時折強く吸われ、ぞくぞくと身体の奥から快感が湧き上がる。

「んん……っ、ふ……ア、ル……」

だんだんと苦しくなってきて、エミリアはアルベルトに縋《すが》った。彼の手はエミリアの耳の縁《ふち》をなぞっている。

「ふ、はっ……耳は……ダメ、って……んぅ」

口付けの合間に抗議をするものの、アルベルトはふふっと笑って彼女の耳に唇を近づけた。

「ダメ？　気持ちいいでしょう？」

「ひゃっ」

アルベルトの色っぽい声がダイレクトに脳に響いて、エミリアは首を竦《すく》める。彼はそれを面白そうに見つつ、今度は舌で耳を愛撫《あいぶ》し始めた。

縁《ふち》を舌先がなぞったと思えば耳たぶを食《は》まれ、くちゅりと音を立てて更に官能的に攻められる。

「エミリア、ここも硬くなってきた……」

「は、あっ……あ、あぁ……」

キュッと胸の飾りを摘《つま》まれて、身体が仰《の》け反《ぞ》った。耳元でいやらしい言葉を囁《ささや》かれているから尚のこと、自分の反応を意識してしまうのだ。

「可愛い……」

アルベルトは熱い吐息を吐き出して独り言のように囁《ささや》くと、指で弄《いじ》っていた胸の頂《いただき》に唇を滑《すべ》らせた。

「やぁ……あ……ああっ」

尖《とが》って存在を主張する蕾《つぼみ》をぺろりと舐め、唾液を擦り付ける。それから口内に含んで舌で転がし、ちゅうっと強く吸った。

「あぁ……あ、や、アル……は、んっ」

わざと音を立てられ、恥ずかしさが膨れ上がる。それと同時に増幅する快感を逃がしたくて、エミリアはアルベルトの肩を押し返そうとした。だが、彼はビクともしない。

「あ、あ……アル、や……は、あぁあっ」

「ん……じゃあ、これは？　いい？」

「あ――」

軽く歯を立てられて、エミリアの身体が一際大きく跳ねた。

「あっ……あ、ダメ……んっ」

アルベルトは硬くなった蕾《つぼみ》を甘噛《あまが》みしたり舐めたりを繰り返す。その間、エミリアの寝衣の裾を捲《まく》り上げ、彼女の真っ白な足を露《あらわ》にした。

彼の手が太腿《ふともも》を彷徨《さまよ》う――弱い刺激なのに、じわじわとお腹の奥へ溜まっていく熱がエミリアの足の付け根を潤《うるお》し始める。

「んっ」

エミリアは身体を捩《よじ》り、足を擦り合わせて燻《くすぶ》る熱を誤魔化そうとした。しかし、アルベルトは何もかもお見通しのようで、彼女の下着の上から秘所を指でなぞる。

「あ、アル……そこ、は……」

「ふふ……気持ちよくなってくれて、嬉しい」

アルベルトはちゅっとエミリアの唇を啄《ついば》み、また口付けを深くする。同時に下着越しに敏感な場所を指でひっ掻《か》き、弱かった刺激を強く、大きく変化させていく。

「んっ、ぁ……あっ、あ――」

口付けの合間に漏《も》れる声、じりじりと下腹部を焦《こ》がす快感。

やがて、アルベルトの指先が下着の隙間から中へ入り込み、濡れた泉の入り口にほんの少し指先を沈ませた。

くちゅ、くちゅ……と、合わさった唇と、指先で掻《か》き混ぜられる泉から同じように水音が響き、エミリアはアルベルトにしがみついて悶《もだ》える。

「ふぅ、んっ……は、あぁ……」

泉の浅い部分を弄《いじ》っていた指はだんだん奥へ入り、蜜を絡め取ってエミリアの中で蠢《うごめ》いた。

「は……ッ、うぁ、あぁ……そんな、やぁ……アル……ん、ダメ……」

アルベルトはいつも丁寧に優しくエミリアの中を探る。一本だった指が二本になっても、決して激しくはせず、エミリアをゆっくり高めるのだ。

彼はエミリアが気持ちよくなる場所を知っている。そして、的確にそこを攻め、彼女を絶頂へ導く。

「エミリア、一回イこうか。ね？」

「ああ……やぁ、だめっ」

次々と押し寄せてくる快感の波、その間隔が短くなって意識が流されそうになるのを、エミリアは首を振って拒《こば》もうとした。

けれど、アルベルトは器用に指の関節を曲げて、お腹の裏側を突いてくる。

自分の身体の奥で蜜が溢れて止まらない。アルベルトの指を呑み込んでいる場所から響くいやらしい音が、エミリアの快感の度合いを表しているようだった。

足が痙攣《けいれん》し、抑え切れない快楽に支配される――

「はぁっ、あ、あぁぁ――っ」

ピンと足を突っ張った後ぐったりと力を抜くと、心臓が大きな音を立てて弾《はず》んでいるのが身体全体で感じられた。

放心状態のエミリアに何度もキスを落とし、アルベルトは彼女のお腹の辺りでぐしゃぐしゃになった寝衣を、下着と一緒に引き抜く。

いよいよ一糸纏《いっしまと》わぬ姿になってしまったエミリアは、恥ずかしくて身体を丸めて縮こまった。

「エミリアは本当に恥ずかしがり屋だね」

アルベルトは目を細めて、自分のシャツのボタンを外していく。だんだん露《あらわ》になる彼の逞《たくま》しい胸板……研究室に引き籠《こ》もっているはずなのに、程よく筋肉がついていて、とても男性らしい身体つきだ。

「ほら、これで一緒……恥ずかしくないでしょう？」

アルベルトはクスッと笑ってシャツを床へ落とし、ズボンにも手をかける。

「あ、アル……！　み、見えちゃうっ」

恥ずかしさなど微塵《みじん》も見せず、身に纏《まと》っているものを脱いでいくアルベルト。エミリアは反射的に顔を両手で覆《おお》った。

「エミリア。そんなに恥ずかしがることないよね？　もう何度もこうして抱き合っているのに」

そう言われても、恥ずかしいものは恥ずかしいのだ。

恋人だった頃も、なかなか自分のすべてを委《ゆだ》ねることが出来なくて、アルベルトには我慢してもらった。結婚して、一緒に住むようになって……身体を重ねるのは、普通のことだとわかっている。

愛しい夫を、これ以上ないほど近くに感じられる行為は嬉しいとも思っている。

しかし、いざこうして肌を合わせるとどうしても羞恥《しゅうち》が先に立ってしまう。アルベルトに見られることも、彼を見ることも、恥ずかしい。

普段とは違う彼の色っぽい表情や、エミリアにしか見せない彼のすべて……それにドキドキして、自分が自分でなくなってしまう感じがするのだ。

恐怖とは違うのだが、変になりそうで落ち着かない。

「エミリア？」

「ん……アル、だめ……恥ずかしいの……ご、ごめんなさい」

アルベルトの声が少し沈んだため、エミリアは指の隙間から彼を見て謝った。

「どうして謝るの？　いいよ……可愛いから許してあげる。でも、もう少し積極的になってくれると、僕はもっと嬉しいんだけどね」

「あっ……」

グッと、内腿《うちもも》に彼の熱塊が押し付けられる。硬くて、熱い……

「今日も……僕がしていいの？」

「……き、聞かないで」

恥ずかしさに涙が滲《にじ》む。エミリアはアルベルトにぎゅっと抱きつくことで、肯定の気持ちを伝えた。これが彼女の精一杯だ。

「だーめ。欲しいって、ちゃんと言って？　ね、エミリア」

アルベルトはエミリアを抱きしめ返してくれるが、耳元で囁《ささや》くだけで、身体を繋げようとはしない。

「うぅ……」

「欲しい」なんて言い方は、はしたない気がするし、恥ずかしくて言いにくい。かといって否定も出来ず、エミリアは首を竦《すく》めて唸《うな》る。

すると、アルベルトは苦笑して、キスをしてくれた。

「仕方ないね……エミリア、今日は許してあげる」

仕方ないと言いながらも、彼のキスは慈《いつく》しみに溢れたものだ。だんだんとキスを深くしつつ、アルベルトはエミリアの泉に昂《たかぶ》りを宛《あて》がった。

「まだ濡《ぬ》れているね。恥ずかしがっていても、僕を待っていてくれて……嬉しい」

「あ、ア……アル……」

昂《たかぶ》りが泉の奥を目指して入り込む。途中、何度かゆるゆると抜き差しを繰り返して蜜を纏《まと》った昂《たかぶ》りは、じっくりとエミリアの中を味わうように最奥へ辿り着いた。

「ああ……熱い。絡み付いてくる」

恍惚《こうこつ》のため息とともにアルベルトが呟き、腰を擦り付ける。

「んんっ、あ、はぁっ」

猛《たけ》った熱塊に膣壁を擦られると、湧き上がってくる快感に逆らえない。エミリアの中は、そんな甘い刺激を与えてくれるアルベルトを離さんと言わんばかりに彼に絡みつき、蠢《うごめ》く。

「エミリア……」

「あぁっ……アル、アル……っ」

アルベルトの呼吸が乱れ始め、汗ばんだ肌がエミリアのそれにしっとりと合わさる。彼女は夢中で彼にしがみつき、与えられる愉悦《ゆえつ》に浸《ひた》った。

ぐちゅぐちゅと音を立てて、隘路《あいろ》を押し広げられる。

硬く大きな質量は苦しいのに、蕩《とろ》けたそこは悦びを貪《むさぼ》ろうと屹立に吸い付く。

アルベルトは薄く唇を開き、艶《なま》めかしい吐息を零《こぼ》しつつ、自身の抜き差しを繰り返した。

押し込むときは、柔らかさを堪能するようにじっくりと、引き抜くときは巧みに気持ちいい場所を先端で掠《かす》めていく。

一定のリズムでそれを繰り返され、涙が出るほど感じてしまい、エミリアはシーツを握り締めて身悶《みもだ》えた。

「エミリア、ダメだ……激しくするよ？」

「んっ、ああッ――」

余裕がなさそうなのに、それでもエミリアを気遣ってくれるアルベルト。彼の動きが激しくなって、エミリアは更に翻弄《ほんろう》される。

「あ、あぁっ……は、あん……あッ」

エミリアの口からは、もう意味をなさない声しか出てこない。膨らんでは弾けていく快感に、意識が追いやられる。

アルベルトは、律動に合わせて揺れるエミリアの乳房に手を伸ばし、ピンと存在を主張する蕾《つぼみ》を擦った。

もう片方の蕾《つぼみ》にも同じように刺激を与えられ、エミリアは身体を仰《の》け反《ぞ》らせて喘《あえ》ぐ。

「あぁぁっ！」

そうすると、更に胸を突き出す格好になり、同時に彼の昂《たかぶ》りを締め付けてしまうのに……

「……っ、エミリア、そんなに……っく」

アルベルトは眉根を寄せて苦しそうな表情をしつつも、激しい抽挿《ちゅうそう》を止めない。エミリアはシーツを掴み、大きな波に耐えた。

だが、耐えようとすればするほど、快楽を強く意識してしまう。そして、大きな波が彼女の意識を攫《さら》おうと押し寄せてくる。

「ああっ、あ、アル……アル、あっ」

「んっ、イッて……僕も、もう……」

アルベルトは、エミリアを安心させるために彼女の頬をそっと包み込み、唇を重ねた。その優しい動作とは対照的に、彼の昂《たかぶ》りはエミリアの中で更に膨らみ、高波を作り続ける。

「あッ、は……あ、んぅ、は……っ、あぁ——ッ」

そしてエミリアは一際高い快楽の波に攫《さら》われて、身体を震わせた。アルベルトも微《かす》かに呻《うめ》き、白濁を吐き出す。

「あ……」

注《そそ》がれた精を受け止め、エミリアは彼を抱きしめた。

じんわり広がる愛しい人の熱を感じ、また涙が滲《にじ》む。

「エミリア……愛してる」

「ん、アル」

荒い呼吸の合間に囁《ささや》いて、口付けを落としてくれるアルベルト。エミリアは彼のしっとりと汗ばんだ背に手を回し、それを受け入れた。

しばらく軽い触れ合いを続けた後、アルベルトは名残惜《なごり》しそうにエミリアから身体を離す。

「エミリア、大丈夫？　つらくなかった？」

アルベルトはエミリアを気遣って声を掛け、髪を梳《す》いてくれる。

「うん……」

「気持ちよかった？」

「——っ！　そんなこと、聞かないで……」

心地よさにうとうとしていたエミリアだが、アルベルトの一言で先ほどの火照《ほて》りが戻ってきた。

彼女は脱がされた寝衣を素早く拾い、前も後ろも確認せずにかぶった。

「……また照れてる」

「恥ずかしいの……アルってば、知っているくせに……」

もぞもぞと寝衣の後ろ前を直しつつ、エミリアは恨めしそうに抗議する。

「うん。ごめんね」

アルベルトはクスッと笑い、エミリアの頭を撫《な》でた。

「でも、エミリアが気持ちよくなってくれたのか知りたいのは、本当の気持ちだよ。僕ばっかりじゃ嫌だから、ね？」

アルベルトに引き寄せられて、エミリアは再びベッドに沈む。

「う……」

イエスともノーとも返せず、曖昧《あいまい》に唸《うな》り、彼女はアルベルトの胸に顔を埋《うず》めた。

アルベルトのストレートな愛情表現には、恥ずかしくてついていけないときがある。嬉しくないわけではないのだが、あまりに率直な彼にどう応《こた》えていいのかわからなくなるのだ。

男女の違いなのか、それとも単に性格の問題なのか。

エミリアはそんなことを考えつつも、アルベルトの胸の鼓動を聴き、再びうとうとし始めた。

彼の体温や匂いには、安心感がある。規則正しい心臓の音も子守唄みたいに聴こえるのだ。

アルベルトのことが好き。

それは偽《いつわ》りのない気持ちなのに……どう伝えたらいいのだろう。

考えようとするが、アルベルトの与えてくれる安らぎには逆らえない。

「恥ずかしがらないで、言ってほしいんだ……」

「……ん……」

アルベルトの望みは、うとうととしていたエミリアの耳をすり抜けてしまう。

愛しい人と抱き合った幸福感で満たされた彼女は、そのまますぐに夢の世界へ誘《いざな》われた——

＊＊＊

数日後。

今日は休診日だ。急患の対応などはするが、基本的には薬の材料の補充や、薬の調合をして過ごす。

ほとんどの薬草は森や水辺で採取することが出来る。採《と》りにくい薬草は、診療所に薬草栽培の庭があるため、二人で管理し育てていた。

今日は川沿いの道を散策しつつ、薬草探しをすることにしている。朝食を済ませた後、エミリアとアルベルトは支度を整えて外へ出た。

診療所から少し歩いた先に流れる川沿いには、薬の効果を高める薬草が生えていて、重宝している。今日の目的は主にそれだ。

「晴れてよかったね」

薬草を摘《つ》みながら、エミリアが言う。

最近は雨の心配もあまりなくなったが、冬から春にかけては天気が崩れやすいのだ。しかし、今日は気持ちのいい晴れ間が広がっていて、風も穏やかだった。

エミリアは動きやすいよう、膝丈のワンピースを着てカーディガンを羽織《はお》っている。アルベルトも半袖のシャツにベストとズボンという身軽な姿だ。

「うん。ここの薬草も状態がよさそうで安心したよ。天気がよかったからかな」

収穫出来るものと出来ないものを選《よ》り分け、二人は場所を移動していく。立ったり屈《かが》んだりするので、この作業は意外と重労働だ。とはいえ、暑くも寒くもないこの時期は比較的やりやすい。

「アル。こっちの籠《かご》は、保存用にするよ」

「ああ、うん。そうしよう」

季節によって採《と》れる種類が変わるので、たくさん採《と》れたときは長持ちするよう魔法で加工して、薬品調合室の棚に保存する。

今日も診療所へ戻ったら、その作業をすることになりそうだ。

「この辺りだけでも結構たくさん採《と》れたね」

エミリアの言葉に、アルベルトは笑顔で答える。

「うん。遠くまで行かなくていいし、便利だね」

これも、田舎町《いなかまち》の利点だった。

「城下町に住んでた頃は、他の地区まで行かなきゃいけなくて大変だったからなあ」

「城下町は薬草が栽培出来る場所も少ないし……室内だけじゃ限度もあったからね。海は近くてよかったけど」

マーレ王国の城下町近くには海があったので、よく学校帰りに行くことが出来た。学生の頃はアルベルトと薬草集めのついでに海でデートをしたものだ。

そういえば……結婚して毎日一緒にいるせいか、最近はデートをしていない。海には二人の思い出もたくさんあるし、久しぶりに行きたいなぁ……などと、エミリアはぼんやり考えた。

「エミリア。今日は海まで行ってみようか」

そんな妻の心中を見透《みす》かしたかのようなタイミングで、アルベルトが提案する。エミリアは驚きを隠せず、目をぱちくりさせた。

「この様子なら、今日摘《つ》む予定の薬草はすぐ集まりそうだし、時間もまだ早いでしょう？　一回診療所に戻って薬草を置いても、余裕があるよ。だから、久々にデートしよう」

アルベルトは微笑んで「最近、デートをしてなかったよね」と付け足す。

「うん！　嬉しい……今ね、アルと同じことを考えていたの」

こういうのを以心伝心と言うのだろうか。二人の気持ちが一緒だったことが嬉しくて、エミリアはアルベルトの腕に寄り添った。

結婚して二人の時間は増えたけれど、デートはまた違う。アルベルトのこういった細かな気配りがエミリアの心を温かくする。

「それはよかった。それじゃ、早く済ませてしまおう」

「うん」

二人は手分けして、今日収穫する予定だった薬草を手早く籠《かご》へ入れていく。エミリアは主に川原に生息しているものを、アルベルトは水の中で育つものを採《と》った。

保存用に多めに採取し、二人の籠《かご》がどちらもいっぱいになったところで、切り上げる。アルベルトは籠《かご》を見て満足そうに言った。

「よし、それじゃあ一度、診療所に戻ってこれを魔法水槽に浸《つ》けよう」

魔法水に浸《つ》けると、薬草が柔らかくなり、煮出したりすり潰したりと加工をするときに成分が出やすくなるのだ。

二人は他愛のない会話を交わしながら、診療所へ戻る道を歩く。

すると、途中で馬車が止まっているのが見えた。この辺りで馬車を使うのは、ラーゴを含む南地区の一角を治める領主であるオスカル・スコットくらいだ。

何やら馬車にトラブルがあったのか、扉が開き、着飾った中年の男性が中から出てくる。宝石をたくさん身につけているので、すぐにオスカルだとわかった。彼は御者《ぎょしゃ》に何か伝えている。

「こんにちは」

その近くまで歩き、二人はオスカルに頭を下げる。アルベルトは「何かお困りですか？」と御者《ぎょしゃ》が馬車の車輪を確認している側へ寄り、手伝いを申し出た。

エミリアは手持ち無沙汰になってしまい、何となく居心地の悪い気分で彼を待つ。

そんな中、視線を感じて顔を上げると、オスカルと目が合った。彼のことは、どちらかというと苦手だ。というよりは、オスカルの方が新参者のエミリアを信用していない雰囲気がある。

ほとんどの住民がファネリ診療所へ通ってくれるようになった今でも、彼は隣町のスペルティ診療所まで足を運んでいるのだとか。今もその帰りなのかもしれない。

しかし、エミリアが彼を嫌う理由はないので、彼女はぎこちないながらも笑顔を作った。

「ひっ！」

途端、オスカルが微《かす》かな悲鳴を上げ、慌てて目を逸らした。かなり怯《おび》えた様子に、エミリアはこっそり肩を落とす。

引っ越しに際して挨拶《あいさつ》に行ったときも同じような反応をされたが、訳もわからず怖がられるのはショックだ。

女性が苦手なのか、それとも他に理由があるのか……

「エミリア、お待たせ。車輪が石に引っかかっていたみたい」

「早く行くぞ。君たちにも、世話をかけたな」

アルベルトがエミリアのもとへ戻ってくると、オスカルは御者《ぎょしゃ》に声をかけてそそくさと馬車の中へ入ってしまった。

「どうしたの、エミリア?」

「あ……うん。また、オスカル様に怖がられていたみたいだったから。あまりいい気分ではないなって」

苦笑しつつ、エミリアは正直に話す。

「ああ……ミスター・スコットは診療所の設立にもあまりいい顔をしなかったしねぇ」

彼はスペルティ診療所があれば十分だと思っていた様子だ。領主として町の様相を変えることには慎重なのかもしれない。

「うん。でも、町の人はだんだん通ってくれるようになったし、オスカル様もいつか受け入れてくれるよね」

エミリアは希望も込めてそう返す。

「そうだよ。あまり気にしない方がいい」

アルベルトも前向きな返事をしてくれて、二人は再び歩き始めた。

診療所に戻った二人は、手分けして薬草を洗い、予《あらかじ》め用意しておいた魔法水にそれらを浸《つ》けた。しばらく浸《つ》け置かなければいけないので、この後は出かけても問題ない。

エミリアは、薬草採取で汚れてしまったドレスを着替え、すでに外で待っているアルベルトのもとへ急ぐ。

「ごめんね、遅くなって」

「そんなに急がなくても、まだ日が沈むまでは時間があるから大丈夫だよ」

久しぶりのデートで浮かれ気味のエミリアを愛おしそうに眺め、アルベルトは彼女の手を取った。

「お出かけ用のドレス、可愛いね。よく似合っているよ」

「あ、ありがとう……」

エミリアが着ているのは、七分袖の青い花柄のドレスだ。袖と膝丈スカートの裾から白いフリルがのぞいているのが可愛くて気に入っている。胸下切り替えでスタイルがよく見えるのもポイントだ。

背中についているリボンやボリュームのあるスカートは、普段着のドレスよりも豪華だった。

普段は白衣を着るので飾りの少ないドレスが多いが、その分、出かけるときはお洒落《しゃれ》をしたいのが乙女心というものだ。

「それじゃあ、行こう。はぐれないでね」

アルベルトがしっかり手を握り直したことに、エミリアはドキッとする。同時に、彼の気遣いや頼りがいを実感し、安心した。本当に大切にしてくれていることが嬉しくて、自然と彼に寄り添って歩く。

二人は他愛のない会話をしつつ、海へ向かう。市場へ繋がる道を反対に進むと海へ出られるのだ。

マーレ王国は小さな国で、他国との陸続きの国境以外は海に面している。二人の住むラーゴの北は緑が豊かだし、南には海が広がっていて薬の材料が手に入りやすいので、クラドールとしてはかなり好条件の土地だ。

「すごい！　綺麗な青！」

やがて前方に海が見え、エミリアは興奮を隠さず叫んだ。

海の色は繊細《せんさい》だ。深さや波の動き、光の加減などいろいろな要素が加わって、多彩な青を描くから面白い。小さい頃から見ていても飽きることがなかった。

「そうだね。砂浜まで下りてみよう」

アルベルトに手を引かれ、足早に海岸へ進む。

砂が柔らかく足場が悪くてよろけそうになると、アルベルトがしっかり腰を支えてくれた。エミリアも彼の腕に掴まって寄り添いながら波打ち際へ近づく。

さぁっと波が寄せては返す。波が引くと、流されてきた貝殻《かいがら》が砂の中から顔を出しているのが見えた。

エミリアは屈《かが》んでその一つを拾う。

「見て、アル。可愛い！」

小さな白い貝殻《かいがら》を掲《かか》げて、アルベルトに見せる。

「ほら、エミリア。これ、エミリアに似合いそう」

するると、彼も大きな貝殻《かいがら》を拾ってエミリアに差し出していたところで……二人は見つめ合った後、同時にプッと噴き出した。

「同じことしてる」

「ふふ……うん」

何だかくすぐったくて、エミリアは首を竦《すく》めて笑う。

アルベルトが持っている貝殻《かいがら》はほんのり桃色で、可愛らしい。

「今つけているこれも可愛いけど、こっちも加工してみる？」

アルベルトはエミリアの髪飾りにそっと触れつつ問う。

エミリアがいつもつけている髪飾りは、アルベルトがプレゼントしてくれたものだ。彼が海岸で拾った貝殻《かいがら》をいくつか合わせ、城下町の職人さんに髪飾りとしてアレンジしてもらった。

「ううん……これが気に入ってるの。アルがプロポーズのときにくれたものだから。毎日つけていたい」

エミリアがそう言うと、アルベルトは彼女の額《ひたい》にキスを落とす。

「そっか。じゃあ、これは未来の娘にあげようかなぁ」

「も、もう……またそんなこと言って、気が早いってば」

「ん？　エミリアみたいな可愛い女の子が欲しいなぁって思って。ダメだった？」

頬を赤く染めてもじもじするエミリアを抱きしめて、アルベルトが言う。

「ダメじゃないけど……」

エミリアもアルベルトの背に手を回し、彼の体温を感じる。

「でも、まだ結婚したばかりだし……アルのこと……と、取られたくないもん」

ぎゅうっと彼に抱きついて、エミリアはそう言い募った。

二人で過ごした時間は長いけれど、夫婦としてはまだ駆け出しだ。もう少し、こんな風にアルベルトを独り占めしたい。そんな風に思うのは、わがままだろうか。

「そんな可愛いこと言って……ずるいね、エミリアは」

そう言ったアルベルトはからかうみたいに笑う。

「だ、だって……それに、クラドールとしても、もっと成長したいの」

仕事をきちんとやりたい、出来るようになりたい、というのも本音だ。

「今でも十分だよ。エミリアはよくやっているし、感謝している」

アルベルトはエミリアの背を撫《な》でつつ、優しく話し続ける。

「子供が出来ても、クラドールの仕事はもちろん続けてほしい。僕も協力するし……エミリアを不安にはさせないよ」

そう言うと、彼は何かを思い出したのかクスクス笑い始めた。

「アル……？」

「ふふ、ごめん。プロポーズをしたときのことを思い出して……」

エミリアが不思議そうにアルベルトを見上げると、彼は目を細めて彼女を見つめる。それから両手で彼女の頬を包み込み、そっとキスをした。

「エミリアってば、頷いてくれたのに、いろんな心配をしていて……同じだなぁって」

プロポーズをしてくれたときも、アルベルトは家族を作りたいと言っていた。とても嬉しくて、幸せな瞬間だった。

だが、学生の頃から優秀で研究員としても評価の高い彼の隣に立つことに、エミリアは不安も感じていた。

アルベルトは夫婦で診療所をやりたいと思ってくれている。でも、まだ国家試験に受かったばかりの自分は足手まといにならないか。また、引っ越しをして、新しい地できちんとやっていけるのか。エミリアの気がかりは多かった。

社交的で器用なアルベルトとは違い、エミリアはやや臆病《おくびょう》で魔法についても人並みだから、つい後ろ向きな考えが浮かんでしまう。

「だって、アルは何でも出来ちゃうから……私は、ちゃんとアルのことを支えられるのかなって、不安だったの」

そう言うと、アルベルトは目を見開いて首を横に振る。

「僕はエミリアがいるから頑張れるんだ。不安に思うことなんてない。エミリアはちゃんと僕の心の支えになってるよ」

「本当？」

「うん、本当。優しくて一緒にいると癒《いや》される。可愛くて守りたいって思うけど……エミリアは自分でも頑張りたいって考えているから、もっと頼ってほしいっていうのは、僕のわがままかもね」

そう言うと、アルベルトは照れた様子で眉を下げ、もう一度エミリアを抱きしめた。

「何だか恥ずかしいことを言ったね。久しぶりのデートで、浮かれているのかな」

「ううん。嬉しい」

エミリアは、夫婦になったらもっと落ち着いた関係になるのかもしれないと思っていた。実際、デートの回数は減ったし、一緒に住んでいることで〝家族〟という意識が強くなった気がする。だから、恋人だった頃を思い出させるような告白はとても嬉しいし、ドキドキした。

「そっか。よかった」

「ん……っ、アル」

再び唇が重なって、エミリアは彼の胸にしがみつく。彼の舌が口内を探り、くちゅっと艶《なま》めかしい音を立てた。

日が傾き始め、風が少しひんやりしてきた。そんな中、お互いを温め合うみたいに、二人は唇を合わせる。

「んんっ、ふ……」

「……あんまりすると、我慢出来なくなっちゃうな」

お互いの吐息を感じられる距離で囁《ささや》かれ、エミリアの背にぞくぞくと痺《しび》れが走った。

「アル……」

「ん、ここまで。もう少しデートをしたら、帰ろう」

エミリアの唇に人差し指を当て、アルベルトが笑う。

二人はその後も貝殻《かいがら》を拾ったり、砂浜を走ったり……ちょっぴりはしゃいだデートを楽しんで、診療所へ帰った。

＊＊＊

エミリアとアルベルトの新婚生活は順調そのものだった。

町の住民とは、患者さんとクラドールとしても、ご近所付き合いにしても問題はなく、平和な日常を送っている。

そんなある日のことだ。

「ジータ様、どうぞ」

先日会った領主オスカルの娘、ジータが診療所を訪れた。彼女はエミリアより年下だが、はっきりした顔立ちで大人っぽく見える。

診療所へ来るときでもお洒落《しゃれ》は欠かせないのか、彼女は家の裕福さを思わせる煌《きら》びやかなドレスを着ていた。茶色の髪をくるくると巻いていて、化粧もしている。

足取りはしっかりしているし、お付きの女性がジータを心配している様子はない。

体調が悪そうには見えず、エミリアは疑問に思いつつ彼女を診察室へ誘導した。

「ジータ様、こんにちは。こちらにいらっしゃるのは初めてですね」

「ええ。今日は頼みたいことがあって参りましたの」

アルベルトがにこやかに挨拶《あいさつ》をすると、ジータは紅を塗った唇を緩《ゆる》やかにカーブさせ、ふふっと笑う。

「頼みごとですか？」

「はい。噂《うわさ》によると、アルベルト先生はお薬を調合されるのがとてもお上手だとか。それで、ぜひアルベルト先生にお願いしたいと思ったのです」

「何か、お薬が必要なのでしょうか？」

アルベルトが疑問を投げかけたところ、彼女は頷いて続ける。

「ええ。惚れ薬を作っていただきたいの」

「惚れ薬……？」

エミリアは思わずジータの言葉を鸚鵡《おうむ》返《がえ》しに呟いた。アルベルトも予想外の頼みに驚きの表情を浮かべている。

それもそのはず、いわゆる惚れ薬というのは存在しない。そういう名を付けられた薬はあるが、本当に効果があるものではないのだ。

少なくとも医学的観点からは、そういった効果があると証明された薬は調合されたことがないし、不可能ということになっている。だから、ジータの望みは叶えられないし、この依頼は引き受けられない。

「誰か、振り向いてほしい方がいらっしゃる……と？」

ところが、アルベルトは興味深そうに顎《あご》に手を当てて、ジータに向き直り詳しい事情を聞き始めた。

「はい。なのに最近、父が縁談を持ってくるようになりまして。私はもうすぐ二十歳になってしまいますから、当然ですけれど……でも、私には受け入れられません」

「なるほど。その方の気持ちをジータ様に向けて、縁談を回避したいと？」

「ちょ、ちょっと、アル！」

どうも惚れ薬製作を引き受けようとしているらしいアルベルトの態度に、エミリアは慌てて彼の肩を叩いた。そして、ジータを諭《さと》すために問いかける。

「ジータ様。その想いを寄せる男性には、アプローチされたのですか？」

「ええ。もちろんです。けれど、振り向いてくださらないから、こうしてアルベルト先生に頼みに来たの」

ジータの意志は固いらしく、淀《よど》みなく答えた。

「でも……人の心を動かせるのは、人の心だけです。もう少し違う方法を考えましょう？　それなら私も協力出来ると思います。想い人は誰なのですか？」

「それはプライベートなことですわ。お教え出来ません」

ジータはふいっとエミリアから顔を背《そむ》けた。

「で、では……あの、具体的にどういうアプローチをしたのか教えてください。他にどんな方法があるかを考えて――」

「私はそんなことをお話しに来たのではないわ。クラドールの先生に恋愛相談なんて、的外れでしょう。今日ここに来たのは、お薬の専門家に惚れ薬を作っていただくためです」

「ジータ様……」

エミリアが必死に説得しようとしても、ジータはどうしても譲《ゆず》らない。

ジータはアルベルトとエミリアを見据え、更に続ける。

「私、あの方としか結婚したくありませんの」

「そうおっしゃられても、そもそも人の気持ちを変える薬なんてありません。出来たとしても、倫理的な問題があります。安易に患者さんに処方することは許されません。ですから、今回の件はお断りします」

エミリアがそう言うと、ジータは一瞬怯《ひる》んで言葉を詰まらせた。しかし、すぐにコホンと咳払いをして背筋を伸ばす。

「安易ではありません。私の人生がかかっているのですもの。お金ならいくらでも払いますわ」

「お、お金の問題ではありません。これは、人としての――」

「そんな綺麗ごとばかりではやっていられないの。私にとって、これはとても重要なことです。今後の人生、少なくともあと数十年あるのよ。その間、好きでもない人と同じ屋敷で毎日顔を合わせなければならないなんて……！　耐えられないと思わないの？　会ったこともない男性に嫁《とつ》がされ、これからの人生、ずっと屋敷に縛《しば》られてしまうのよ。それに、跡継ぎを産めと迫られるかもしれないわ！　考えただけでもおぞましい!!　そんな人生を選ぶぐらいなら、今死んだ方がマシよ！」

ジータはだんだん声を荒らげ、鼻息荒くエミリアに突っかかる。

「そうだわ。死んでやる！　貴方《あなた》たちが私を見捨てたって言いふらしてやるわ！」

「ジ、ジータ様、お、落ち着いて……っ」

「落ち着いてなんていられません！　私は本気よ。さぁ、作ってくださるの？　それとも私を殺すとおっしゃるの？」

父親の用意した縁談が心底嫌なのだろう。ジータの様子に鬼気迫るものを感じ、エミリアは後ずさる。「死んでやる」など、ただの勢いだろうと思う――いや、そう思いたいが、これ以上彼女を刺激すると本当に身投げでもしそうな迫力があった。

しかし、安易に惚れ薬の製作を引き受けることは憚《はばか》られて、言葉が出てこない。

エミリアが思い悩む中、アルベルトが承諾の言葉を口にする。

「わかりました」

「アル……！」

「エミリアの言う通り、今の医学では、そういった薬は存在しません。ですが、それはこれからも作れないということと同義ではない。貴女《あなた》がとても真剣なのもわかりましたので、出来る限り努力しましょう」

アルベルトがそう言うと、ジータは安心した様子で息を吐き出した。

「では、引き受けてくださるのね？」

「ええ。ただし、必ず惚れ薬を作るというお約束は出来ません。失敗する可能性も十分にあります。

ですから、薬代は完成したらいただきたい」

「構いませんわ。ですが、出来るだけ急いでくださいね」

「わかりました。では、また後ほど結果をご連絡します」

エミリアの気持ちなど露知らず、二人はどんどん話を進め、合意に至った。その状況についていけなかったエミリアも、ジータが笑みを零《こぼ》したところでようやく事の重大さを把握する。

「ちょっと、待っ——ええ？」

けれど、時遅く、ジータは満足そうに診察室を出て行ってしまった。

「……アル！　どうしてこんな依頼を引き受けちゃったの⁉」

「どうしてって、ジータ様が困っていたし……死なれたら困るでしょう？」

それはもっともだが、だからといって出来ない約束をするのは、もっとよくない。これで「出来ませんでした」と言ったとき、ジータがどういう行動に出るか……それこそ本当に死のうとするかもしれない。

「だからって……いくらアルがライセンスを持っていても、これは医学的にも倫理的にも問題が山積みだよ」

新薬開発には、もちろんリスクが伴《ともな》う。なので、クラドール協会の研究許可が必要なのだ。アルベルトは研究所に勤めていたときにそのライセンスを取得した。地方で診療所を開いても研究を続けられるようにするためだ。

ライセンスを持っていれば、協会に逐一進捗《しんちょく》を報告することを条件に、個人的での研究が可能になる。

「医療魔法で人の心は操《あやつ》れないって、アルもわかっているでしょう？」

「大丈夫。ジータ様も、少し時間を置いたら落ち着くよ。そのための時間稼ぎのつもり」

アルベルトはエミリアの頭をそっと撫《な》でる。

「それに、僕は惚れ薬っていうのもアリだと考えているんだよ。現段階ではそういう薬のほとんどが思い込みを利用したものだ。きちんとクラドール協会の薬品リストに登録をしていないしね。でも、いくら思い込みと言っても、それが体調に与える影響は計り知れない。つまり、心と身体の関係を研究するのにも、いい題材だと思うんだ」

まるで研究目的だと言わんばかりの言葉に、エミリアは目を丸くする。そして、思わずアルベルトを凝視《ぎょうし》して、気づいた――

アルベルトの瞳が輝いていた。

知らないことを追求するとき、彼はとても楽しそうな顔をする。まさか、惚れ薬という未知の薬が夫の研究魂に火をつけてしまったのか。

「ちょ、ちょっと待って！　時間稼ぎって言ったよね？　まさか本当に開発するつもり？」

「うーん。実際に惚れ薬が作れるかどうかはともかく、心と身体の相互関係の研究はしたいな。クラドール協会にもその旨をまとめて提出しよう。ジータ様にも後でそういう名目で研究をするって伝えないと。あの様子だと、その辺りもチェックしそうだし……ロレンツォ先生に事情を説明しておけば大丈夫だと思うよ」

ジータがクラドール協会に問い合わせる可能性はあるし、体裁を整える必要があることはわかる。普通は守秘義務があって、研究については関係者以外には非公開だが、彼女は領主の娘。いろいろな権限が使えるかもしれない。しかし……

「それにしても、惚れ薬という発想は面白いな……」

アルベルトが呟いたのを、エミリアは聞き逃さなかった。彼女は苦虫を噛《か》み潰したような表情になってしまう。

今までのやりとりから、アルベルトが惚れ薬にとても興味があるらしいことは、容易に察することが出来た。

困ったことになった。普段は優しくて頼れる夫だが、研究のことになると突っ走ってしまう傾向がある。それも、人助けとなると更に意欲を出すタイプなのだ。

根っからのクラドールといえば聞こえはいいけれど、どんなに変な研究でも真剣に取り組むところは玉に瑕《きず》と言おうか……

「アル……！　お願いだから、惚れ薬を作ろうなんて思わないで」

エミリアはほとんど縋《すが》りつくようにしてアルベルトに懇願《こんがん》する。

「大丈夫。ロレンツォ先生にちゃんと相談するし、違法なことはしないよ」

「で、でも……」

ロレンツォの名前を出され、エミリアは口ごもった。クラドール協会の監査部門に籍を置く彼ならば、アルベルトを止めてくれるかもしれない。

「ほら、エミリア。次の患者さんを呼んで」

アルベルトが話を切り上げてしまい、エミリアは仕方なく次の診察の準備にとりかかった。今、アルベルトを止めるのは無理そうだ。

後でもう一度説得を試《こころ》みよう。それがダメでも、ロレンツォやクラドール協会が待ったをかけるはず――

しかし、そんなエミリアの期待も虚《むな》しく、ロレンツォは許可を出した。アルベルトは嬉々として研究に取りかかり、エミリアは大きなため息をつくことになったのだった。

＊＊＊

それからというもの、アルベルトが研究に費《つい》やす時間は、明らかに増えた。以前にも増して診療時間の合間を研究にあてているのだ。

どんなに患者さんが多いときでも、診察はきちんとするし、急患や往診にも対応している。私生活でも食事は必ずエミリアと一緒に食べるし、夜も……いつも通りだ。

睡眠時間を削っているようなのだが、疲れている素振りなど微塵《みじん》も見せない。それどころか、活き活きしている。アルベルトの研究好きを知っているエミリアも驚くほどの、凄《すさ》まじい熱意と言っていい。

「アルベルト先生は、最近とてもニコニコしているねぇ」

エミリアに足のマッサージを施《ほどこ》してもらっていたガブリエラがそんなことを言うので、エミリアは思わず苦笑いを浮かべた。

ガブリエラは診療所の近くに住むお年寄りで、足が悪い。そのため、定期的に診療所を訪れてマッサージを受けているのだ。

最初はアルベルトが担当していたが、他の医療行為に比べ、比較的簡単な治癒《ちゆ》魔法で出来る施術のため、最近はエミリアが対応するようになっていた。

「元々、愛想がよくて優しい先生だけれど、ここのところは殊《こと》に機嫌がいいみたいだ。何かあったのかい？　もしかして、おめでたかね？」

「ち、違いますよ」

エミリアは頬を染めて大きく首を横に振った。

「えっと……その、新薬開発の研究を始めたんです。アルは研究が好きだから、とても張り切っていて……」

「おや、そうかい、そうかい」

まさか〝惚れ薬〟とは言えず、エミリアは言葉を濁《にご》したけれど、ガブリエラは笑顔で声を弾《はず》ませる。

「アルベルト先生のお薬はよく効くし、飲みやすいから、皆助かっているよ。ファネリ診療所が出来て本当によかった。私もこの足でスペルティ診療所まで行くのは大変だったからね」

スペルティ診療所は、グイドが経営している隣町の診療所のことだ。

ガブリエラは、ファネリ診療所が出来るまで、隣町まで杖をついてマッサージに通っていた。どうしても歩くのがつらいときは、息子さんの移動魔法を使ったり、往診を頼んだりしていたらしい。

「マッサージも、アルベルト先生とエミリア先生の方が、効果が続く気がするよ。二人の魔法は温かくて気持ちがいいねぇ」

うっとりと目を閉じて、エミリアの治療を受けるガブリエラ。エミリアは褒《ほ》められたことをくすぐったく思いつつ、お礼を言う。

「ありがとうございます。でも、グイド先生も優秀な方だとお聞きしていますよ。王家専属のクラドールに推薦されたことがあるとか……」

王家専属は、クラドールの中でもトップクラスの技能を持つ者しかなれない。お城に仕え、主に王族の健康管理を任されるのだ。

推薦されるだけでも名誉なことで、更にその後は難関の試験や適性検査がある。

「そうらしいねぇ。でも結局、試験には受からなかったって話だよ。それに、優秀って言ってもね、もう少し人間味があってほしいものさ」

「人間味、ですか？」

エミリアは首を傾げて聞き返す。

「ほらね、うちは旦那に先立たれたし、子供ももう家を出ていて一人だから、人と会ったら話したいものなのさ。グイド先生は、あまりそういうのが得意じゃないみたいだったからねぇ」

ガブリエラは「年寄りのわがままさ」と言って笑う。

「そうなんですか……」

確かにアルベルトは気さくで話しやすい。いつも笑顔で、長い間一緒にいるエミリアでも、彼が怒った姿をあまり見たことがない。

最後に彼が機嫌を悪くしたのはいつのことだったか……思い出すのが大変なくらいだ。

「それに、診察も機械的っていうのか……」

「機械的、ですか？」

それを聞いたエミリアが困惑顔になったのを見て、ガブリエラは苦笑しつつ頷く。

「そうだね。うーん、たとえば……ファネリ診療所が出来る前だけどね、風邪でスペルティ診療所に行ったときに、二回行っちゃったことがあったんだよ」

ガブリエラは、はぁっとため息をついて言葉を続ける。

「まったく、歳だよねぇ。二日前に薬をもらったばかりだったんだけど、それをすっかり忘れちゃってさ。グイド先生も言ってくれればいいのに、律儀に診察して薬をくれたんだ。先生にとっちゃ、患者が来たら『診察して治療する』っていう流れ作業だったのかもしれないけどねぇ」

「それは、お薬の追加をもらいにいったわけではないのですよね？」

風邪薬なら、普通は三、四日分処方されるはずだと考えつつ、エミリアは確認してみる。

「違う違う。そのときの薬は、まだ家に余っているよ」

「……少し素っ気無い感じがしますね」

数日以内の再診、しかも同じ症状ならば疑問に思うし、先日来たことに触れてくれてもいいのではないかと思ってしまう。

「エミリア先生は、グイド先生に会ったことがあるかい？」

「いいえ。アルは一度スペルティ診療所に挨拶《あいさつ》へ行ったんですけど、私はそのとき、ちょっと体調を崩してしまって……」

引っ越してきてすぐの頃、バタバタしていたせいで、エミリアは一度体調を崩していた。クラドールになった直後で、診療所を開くことにもプレッシャーを感じていたため、心労もあったのだろう。

それからも、引っ越したばかりで落ち着かなかったり、診療所が忙しかったりで、なかなか隣町まで散策する時間もとれずにいた。

「養成学校でも、私もアルも、グイド先生とは入れ違いだったんです」

ただ、アルベルトは以前の職場で研究職をしていたとき、新薬研究会でグイドに会ったことがあるらしい。

アルベルトも彼は優秀だと言っていたが、ガブリエラの話を聞くと、何だか素っ気無くてちょっと怖そうだという印象を持った。

「そうなのかい？　まぁでも、急いで挨拶《あいさつ》することはないよ。アルベルト先生が顔見知りなら、心配ないだろうし。それに、隣町もラーゴとそう変わらないさ。ここには湖があるくらいかねぇ」

ガブリエラの言葉に、エミリアは笑顔で頷いた。

「ここの湖はとても綺麗で大好きです」

「エミリア先生が気に入ってよかったよ。でも、気をつけなさいよ。あそこの湖には魔女がいるんだ、なんてね……」

ガブリエラはそこで、はぁっとため息をつく。

「昔はこの辺もあまり整備されていなかったからね。雨がよく降る季節には、水害が多かったものさ。それがいつのまにか魔女がいるなんて噂《うわさ》になってね。そうすると、洪水や流行病《やまい》は魔女の呪いだとか、湖に落ちて命を落とす者がいれば魔女に攫《さら》われたんだと、何でも魔女のせいにするようになってしまったのさ」

ガブリエラ自身は信じていないらしく、複雑そうに首を横に振っている。

「そうなんですか……そういえば、マルコくんがお薬を飲まないと魔女に食べられちゃうって言っていました」

「ああ、今はそんな風に子供に言うことを聞かせるのにも使うねぇ。まぁ、昔の人たちが考えた話だよ。ここは田舎町《いなかまち》だし、そういう迷信を信じている者もいるのさ」

「そうだったんですね」

エミリアは初めて知る町のことに感心して頷く。

とはいえ、今は魔法で水位を管理する機関もあるし、衛生面や医療の水準も格段に上がった。もうそんな古い言い伝えを真に受けている人は少ないだろう。

「はい、ガブリエラさん。今日はこれで終わりです。特に何もなければ、次はまた一ヶ月後に来てくださいね。どうしても痛くなったときは無理せず、すぐに知らせてください。往診に行きますから」

最後に受付で塗り薬を処方し、エミリアはガブリエラを見送りに外へ出る。

「お大事に」

「ああ、ありがとう」

そして、彼女がゆっくり歩いていくのを見届け、振り返ろうとしたとき……湖の方で何かが動いた気がして、エミリアはそちらへ足を向けた。

野良猫かうさぎが水でも飲みに来ているのだろうか。都会育ちのエミリアは、野生の動物を見たことがほとんどなく、興味本位で近づいてみた。

先ほどガブリエラが話していた魔女の話もあって、ちょっとドキドキする。数歩進み、目を凝《こ》らしてみるが、特に変わった様子はない。

エミリアは、可愛らしい小動物に会えず、こっそりため息を吐く。それから、魔女の話にも「もしかして……」と期待していた自分を思い出し、クスッと笑った。

町に長く住むガブリエラでさえ信じていない話だ。エミリアが気にするようなものでもあるまいに、過敏に反応してしまっておかしい。

結局、何かがいたと思ったのは気のせいだと結論付けて、エミリアは診療所へ戻った。

＊＊＊

数日後。

休診日のため、朝の掃除や洗濯を終えたエミリアは、ソファで一人寛《くつろ》いでいた。

アルベルトはというと、朝から研究室に籠《こ》もってしまっている。このところ、彼は本当に寝食くらいしかエミリアと共にしない。それも、エミリアが何度も何度も声をかけてようやく……という始末。彼女は少し寂しく感じていた。

それに、心配もしている。惚れ薬を作るだなんて非現実的だと思いつつも、アルベルトなら作ってしまいそうな気もして、不安だった。

人の心を操《あやつ》れる薬が出来れば、他の用途にも使おうとする人がいるかもしれないし、アルベルトの身も危ないと思う。

とりあえず、今は気晴らしにとパウンドケーキを作っている。オーブンに入れてしばらく経つため、とてもいい匂いがリビングにも届いてきた。

エミリアは香ばしい匂いに頬を緩《ゆる》め、キッチンへ向かう。オーブンを覗くと、パウンドケーキはいい具合に焼き色がついていて、美味しそうだ。

エミリアがそれを取り出す――と、同時に扉が開き、アルベルトが勢いよくキッチンへ入って来た。

「エミリア！　出来たよ！」

アルベルトは嬉々として持っていた小瓶をエミリアに掲《かか》げてみせる。

患者さんに薬を処方するときと同じ小瓶に入っているのは、透明な液体だ。

「え……出来たって……まさか惚れ薬？　本当に？」

エミリアは訝《いぶか》しげに小瓶に顔を近づけた。

「そうだよ。ね、エミリア、試しに飲んでみてくれる？」

「ええ!?　私が……？」

アルベルトの提案に驚いたエミリアは、無意識に一歩後ずさる。

「大丈夫。ちゃんと魔法実験はしたよ。臨床実験も第一段階はクリアしているから」

魔法実験は魔法で毒性などを探知するもので、臨床実験は実際に動物に試飲させて効果や安全性を試すものだ。

「でも……それは、惚れ薬だよね？」

「そうだよ」

エミリアが確認すると、アルベルトは軽く頷いた。

「そうだよって……じゃあ、臨床実験は？　本当に効果があったの？」

「うーん。たぶん、そうだと思う」

「たぶん……？」

「動物の言葉はわからないからね。でも、仲良くくっついていたから惚れたんだと思うよ」

そう言ったアルベルトは、爽《さわ》やかな笑顔だ。いつもなら見蕩《みと》れるところだが、何だか胡散臭《うさんくさ》く見えなくもない。「たぶん」だなんてとても曖昧《あいまい》だし、エミリアは疑いの念が消えなかった。

「でも、それじゃあ、もし本当に惚れ薬が出来ていたとして……私が飲んでも効果の判定は出来ないよ」

エミリアはすでにアルベルトのことが好きなのだ。つまり、アルベルトに惚れている状態である。薬の効果を試すには、不適切だろう。

「そんなことないよ。ドキドキするとか、普段と違う感覚があれば教えてほしいんだ。それに、他の人に頼むわけにもいかないからね」

「それは、そうだけど……」

確かに安全性の面でも、新薬開発に関わる決まりとしても、この段階の薬を一般の人に飲ませることは出来ない。

他の人が飲んで、アルベルトに惚れてしまっても困る。

悩むエミリアに、アルベルトが言い募った。

「今、お茶をするところだったんでしょう？　それだったら、ちょうどいいかな……この薬の用途を考えると、相手の飲み物に混ぜるやり方が多いと思うんだ。それで、効果が薄まる場合もあるかもしれないし、味や匂いがどうなるのか調べないといけない」

「ちょっと、アル。私、まだやるなんて言ってないよ」

エミリアはイエスと返事をしていないのに、アルベルトはどんどん話を進めようとしている。

「だけど、エミリアにしか頼めないんだよ。お願い。万が一何かあれば、すぐに僕が処置する」

「で、でも……」

確かにアルベルトがそばにいれば、異変があったときの対応は心配ない。エミリア自身もクラドールで、薬品実験の知識はあるし、毒や痺《しび》れを抜く方法も心得ている。

アルベルトは「お願い」と、珍しく甘えた様子でエミリアを見つめている。

「う……わ、わかった」

結局、エミリアはアルベルトの熱意に負けて、首を縦に振ってしまった。

「今、紅茶を淹《い》れるね。アルも飲むでしょう？　ケーキもちょうど焼けたところだし……」

本当にタイミングよく薬を完成させたものだ。

エミリアは感心するやら呆れるやら、複雑な気持ちで紅茶を淹《い》れる。焼きたてのパウンドケーキも切って、おやつタイムだ。

「じゃあ、入れてみるからね」

「う、うん……」

お皿とカップを並べて着席すると、アルベルトは早速エミリアのカップを自分の方へ引き寄せる。そして小瓶の蓋《ふた》を開け、それを傾けた。

ポツン、と一滴の雫《しずく》が紅茶の表面を波立たせる。特に色や匂いに変化はないようだ。薬自体が無臭らしい。

しかし、波立った紅茶は、不安に揺れるエミリアの心そのものみたいに感じられる。

「とりあえず、一滴で。さぁ、どうぞ」

アルベルトはご機嫌な様子でエミリアにカップを差し出した。

「……いただきます」

何だか心配になりつつ、エミリアはおそるおそるカップに口をつける。やはり、匂いは普通の紅茶と変わらない。

味も……特に変わらないように思う。

「どう？　何か変わったことは？」

「ううん。味も匂いも普通の紅茶だし、何も感じないよ。やっぱり、私じゃ効果がないんじゃないかな？」

「そっか……」

エミリアが思ったままを説明すると、アルベルトは考え込む。

「ほら、アルも休憩したら？」

エミリアはアルベルトの方へケーキのお皿を少し寄せて、食べるよう勧めた。

「……うん。そうだね。ありがとう」

アルベルトも素直にパウンドケーキを一切れ取って、口へ運ぶ。エミリアも同様にパウンドケーキを頬張り、紅茶を飲んだ。

しかし、アルベルトはどうやらエミリアの一挙手一投足を観察しているらしく、彼女から目を離そうとしなかった。

いくら隣に座って一緒にお茶をしているからといって、これでは落ち着かない。何だかそわそわするし、見つめられているせいで頬が火照《ほて》る。

「ア、アル……そんなに見ても、効果は変わらないと思う」

そう言うものの、アルベルトは変わらずエミリアを見つめ続けている。

「そうかな？　でも、何だか頬が赤いよ。本当に何も変化はない？」

「変化っていうか……アルが見るから、恥ずかしいだけだよ。別に、薬のせいじゃないでしょう？」

エミリアでなくとも、これだけ見つめられれば、その相手が夫や恋人でも照れてしまうのは当然の反応だろう。

「そうだけど……万が一、薬の副作用だったら大変だし、異変があるならどんなに小さなことでも言って。ね？」

アルベルトはそう言うと、そっと手を伸ばしエミリアの頬に触れた。

「ひゃっ」

ぞわっと……彼が触れたところから、電流のような痺《しび》れが広がり、エミリアは思わず首を竦《すく》めて悲鳴を上げた。

脈が速くなっているようで、胸のドキドキが自分にも聞こえる。

「エミリア？　大丈夫？　痛かった？」

「う、ううん。違うの、ちょっとびっくりして……せ、静電気かな？　じんじんしただけ」

あはは、と軽く笑ってみせ、エミリアは誤魔化そうとアルベルトとの距離をとる。

だが、少しお尻を浮かせてソファの端へ近づいた分、アルベルトがにじり寄ってきた。

「様子がおかしいね……ほら、ちゃんと診《み》せてごらん。大丈夫、痛いことはしないから」

アルベルトはエミリアを安心させるように微笑み、彼女の身体を引き寄せた。それから額《ひたい》と額《ひたい》を合わせる。

「熱はなさそうだけど……呼吸が荒いな。頬が赤い……首筋も」

「あっ……」

アルベルトがエミリアの頬、うなじへ手を滑《すべ》らせる。ピク、ピクッと彼の手の動きに反応して、エミリアの身体が跳ねた。

何だか、まるでアルベルトに愛撫《あいぶ》されているみたいだ。実際、彼の触れ方は羽で擽《くすぐ》るような繊細《せんさい》なものだった。診察とはちょっと違う気がする。

……いや、そんなはずはない。

アルベルトはジータのために、熱心に惚れ薬の研究をしていたのだ。彼は真剣に、エミリアの身体に起こっているかもしれない異変を察知しようとしているだけ……

そう自分に言い聞かせつつ、エミリアは呼吸を整えるため、出来るだけ深く息を吸ったり吐いたりしてみた。

しかし、エミリアの心はなかなか落ち着いてくれない。それどころか、もどかしさに似た感覚が身体を支配し始める。

「ア、アル……大丈夫だよ。ちょっと紅茶で身体が温まったのかも」

「嘘」

「あ……」

アルベルトの人差し指がエミリアの唇に当てられる。

「僕はクラドールだよ。薬の開発だって何度もしてきた。エミリアとも長い付き合いだし、エミリアの反応が普通じゃないことくらい、すぐにわかるよ。ほら。今、感じている症状を、ちゃんと教えて」

アルベルトはそう言いながら、エミリアの下唇につぅっと指先を這《は》わせた。

「ぁ、ん……す、少しだけ……熱い」

はぁっと熱の籠《こ》もった吐息を吐き出して、エミリアは正直に口にする。すると、アルベルトの目が細められ、頭を撫《な》でられた。

「うん、それから?」

「そ、それから……ちょっと、身体が痺《しび》れているかも。これは……副作用、なの?」

「痺《しび》れ? どんな痺《しび》れ方なの? 痛い?」

アルベルトはエミリアを慰《なぐさ》めるみたいに、額《ひたい》にキスを落とす。

「——っ」

その途端、更に大きな刺激がぞくぞくっと身体中に流れ、エミリアは不安になってアルベルトに抱きついた。

「あっ……い、痛くはないの……な、何だか……変な痺《しび》れ方で……寒気とも違うけど、身体が……」

身体が火照《ほて》って呼吸や鼓動が速くなり、全身が震える。アルベルトが触れる部分から広がる痺《しび》れが身体の中心に溜まっていって、もどかしいのだ。

……これでは、本当にアルベルトと肌を重ねるときの反応みたいではないか！

その結論に至ると、エミリアの身体は更に熱くなり、彼女は慌ててアルベルトの胸を押し返した。

「あ……っ、あのね、でも、大丈――」

「エミリア、それって、興奮してるってこと？」

「こっ⁉　ち、違う！　違うよ。ちょっと、薬が合わなかっただけだと思うから。中和剤を飲めば治るよ」

エミリアはぶんぶんと首を横に振り、否定する。それから手を差し出して、アルベルトに中和剤を要求した。

薬品の実験をする際は、必ず中和剤を用意する。これは、薬の効果を打ち消すための薬で、ほぼすべての薬品に効果がある。体内に入ってしまった薬を浄化する特別な魔法がかけられているのだ。

「もう……仕方ないな」

アルベルトはうーんと唸《うな》りつつ、ポケットから小瓶を取り出してエミリアに渡してくれた。彼女は受け取ってすぐに、それを飲み干す。

「これじゃあ、ジータ様には渡せないよ」

ホッと息を吐き出したエミリア。アルベルトの努力が報われなかったことは気の毒だが、惚れ薬が完成しなくて安心したというのが本音だった。

一体、どんな材料を入れたのだろうか。薬のせいだけれど、変な症状が出てしまったことに戸惑いを隠せない。

ちょっと触れられただけなのに感じてしまうなんて……まだ心臓がドキドキして頬が火照《ほて》っている。

そこまで考えて、エミリアは両手で自分の肩を抱いた。

（……あ、あれ？）

身体の疼《うず》きが治まらない。中和剤はかなり強い効き目のある、即効薬だ。重症なら少し時間がかかるが、今回のように一滴しか摂取していないのに長引くことは考えにくい。

「アル……どうしよう。治らないみたい……」

エミリアは不安に駆られて、泣きそうな声を出した。

「治らないって……」

「ひゃっ、アル、あんまり触らないで……んっ、ア、アル……！」

ちゅっと首筋に吸い付かれ、エミリアはアルベルトの肩を掴む。

「やっぱり、興奮してる。敏感になって……可愛い」

「っ、アル。ふ、ふざけていないで、どうしたらいいか、ちゃんと――」

「大丈夫。性的興奮なら、中和剤より効く治療があるよ、エミリア」

アルベルトはエミリアの瞳をじっと覗き込み、妖艶《ようえん》に笑った。

「せ、性、な、わ……ち、違うってば！　もう、アル――ふっ、んん……！」

エミリアはアルベルトの肩を叩き抗議をするが、アルベルトは気にも留めない様子で、彼女の後頭部を引き寄せ、唇を重ねてくる。

いつもは啄《ついば》むみたいな軽いキスから始まるのに、すぐに舌が口内に入り込んできて、エミリアを翻弄《ほんろう》した。彼女の熱を確かめるかの如《ごと》く、丁寧に粘膜《ねんまく》をなぞるざらついた舌がとても気持ちがよくて、力が抜ける。

頭ではダメだと思うのに、彼の体温が伝わってくると安心してすべてを委《ゆだ》ねてしまう。濃厚な口付けを続けつつも、アルベルトは優しい手つきでエミリアの背中を擦ってくれるから尚更だ。

ちゅく、と唾液が絡むいやらしい音すら心地よく感じる……

惚れ薬の副作用がこんな淫《みだ》らなものだとは思いもしなかった。アルベルトの言う効果的な治療……これほど淫靡《いんび》なキスをされたら、何を示しているのかは明白だ。

「エミリア……すごい、熱いね……」

「んんっ……あ……」

口付けの合間に囁《ささや》かれると、ドキドキに拍車がかかる。

アルベルトの表情が、何だかいつも以上に色っぽく見えるせいもあるだろう。

こげ茶色の瞳の奥に、野性的な光が宿っている気もする。普段の優しくて穏やかなアルベルトからは想像しがたい色だが、それが逆に新鮮で、エミリアの心と身体を火照《ほて》らせるのだ。

「ん、アル……」

長い間唇を重ねて、苦しいのに、離れがたくもある。

この歯痒《はがゆ》さはどうしたらいいのだろう。「やめて」と言いたいような、「もっと」と言いたいような……でも、自分からそんな風にねだるなんて、エミリアにはハードルが高すぎる。

キスだけでこんなに気持ちよくなって、はしたないし、変に違いないし、とても恥ずかしい。

結局、エミリアは羞恥《しゅうち》に耐えかねて、ギュッと拳《こぶし》を握り締める。

「んっ……ふぅ、は……っ……ん、アル……だ、だめ……」

「ダメ？　気持ちよくない？」

アルベルトの肩を叩き、唇を離す。それから彼の胸に手を突っ張って「ダメ」と言ったが、上目遣いで見つめられると弱い。

だが、こんな真っ昼間からそういう行為に及ぶのには抵抗があった。しかも、これは薬の開発の一環だ。副作用があるとわかったならば、その原因を突き止めなければならない。

「薬のせいなのに、こんなこと……ダメだよ……」

何とかアルベルトを説得しようと試《こころ》みるが、アルベルトはエミリアの首筋や胸元にキスを落とし始める。

「でも、このままじゃ苦しいでしょう？　恥ずかしがらなくていいんだよ。薬のせいなんだから仕方ない。ほら、治してあげるから、力を抜いてごらん」

「ん……っ、そうじゃ、なくて……」

薬のせいだから恥ずかしいことはないなんて、そういうことではないのだ。薬を服用するしないにかかわらず、羞恥《しゅうち》は湧くし、今は薬の開発という大切な仕事中である。

「薬、ちゃんと調べないと——あっ」

しかし、アルベルトはドレスのジッパーを下げ、エミリアの肌に直接触れ始める。そのままドレスの中に入り込んだ彼の手がドレスを肩から落とし、下着もずらすと、エミリアのふっくらとした胸の膨らみがアルベルトの前に晒《さら》された。

「あ、ん……っ、アル……」

「中和剤が効かない原因は……たぶん……精神的な作用を重視したせいじゃないかな」

ちゅっ、ちゅっと白い肌を啄《ついば》みつつ、アルベルトが言う。

「ん、せ、精神的……？」

「うん。気分を高揚させる成分を入れたんだ。だから、ほら……今、いやらしい気分になっているでしょう？」

「あっ、やぁ……」

ツンと指先で胸の先端を弾かれ、エミリアは嬌声《きょうせい》を上げる。少し触れられただけなのに、すでに真っ赤に勃《た》ち上がったそこに、エミリアは困惑した。

「身体的異常というより、心理的なものからくる症状だね。興奮状態を鎮《しず》めるには、気持ちを満たしてあげるのが一番だよ」

しかし、アルベルトが直接そこを刺激したのは最初だけ。その後は、指でくるくると縁《ふち》をなぞったり、豊かな膨らみを大きな手で包み込んで揺らしたり、緩《ゆる》やかな愛撫《あいぶ》ばかりだ。

「あ……っ、ん……アル……や、そんな、触り方……っ」

満たしてあげると言ったくせに、アルベルトの触れ方では焦れる一方だった。

「触り方、好きじゃない？」

「……っ！　そ、それは……だって……」

アルベルトの指も唇も、一番疼《うず》いている場所には触れてくれない。それらが胸の頂《いただき》に近づく度に、今度こそ……とエミリアが期待に震えているのにも、きっと彼は気づいているのに。

「まだ我慢する？　エミリア」

「あっ」

硬くなった胸の蕾《つぼみ》にふぅっと息がかかる。エミリアは懇願《こんがん》の眼差しでアルベルトを見つめるが、彼は首を傾げるだけで、それ以上は先に進んでくれない。

「ん？」

「あ……アル……」

甘く、ねだるような声が出る。その淫《みだ》らな響きに、一気に羞恥《しゅうち》の炎がつき、エミリアは顔を真っ赤にして目をギュッと瞑《つぶ》った。

「エミリア、ちゃんと僕を見て」

「や……！」

今日は変だ。

自分の身体もそうだけれど、アルベルトもいつもと違う。普段、彼はこんな意地悪はしない。エミリアが言えないことを察して、優しくしてくれる。

「エミリア。目を開けたら、してあげる」

アルベルトはエミリアの目元を親指でなぞり、彼女を促《うなが》す。その間も、乳房を揉《も》む手は止まらず、エミリアの身体の疼《うず》きが膨れ上がっていく。

「んん……」

「ダメだよ、エミリア」

首を横に振るものの、アルベルトは譲歩する気はないらしく、まったく取り合ってくれない。

「ほら、エミリア……どうする？　ずっと、このままでもいい？」

「あっ！」

アルベルトの唇が、右胸の頂《いただき》の近くをちゅっと吸う。あとほんの少し――エミリアは思わず目を開けた。

「そこじゃな――っ」

つい口走ってしまった言葉を戻そうとするかのように、エミリアは口元を手で押さえた。しかし、すでに口をついて出たものは取り消せない。

視線が交わった瞬間、アルベルトは目を細めて笑う。そして、改めて胸の頂《いただき》を愛撫《あいぶ》し始めた。

エミリアの視線の先で、彼の唇に包まれる真っ赤な蕾《つぼみ》……同時にもう片方の蕾《つぼみ》も指で摘《つま》まれ、今まで燻《くすぶ》っていた快感が一気に弾けた。

「んぁっ、は……あぁっ、や、あ、あっ」

エミリアは与えられた刺激にアルベルトの頭を抱きかかえ、悶《もだ》える。

赤い蕾《つぼみ》の周りから硬く尖《とが》った先端までじっくりと舐められ、身体の震えが大きくなったところで強く吸われた。

指で弄《いじ》られている方も、優しく撫《な》でられていたかと思えば指先で引っ掻《か》くようにされたり、捏《こ》ねられたり、強弱をつけた巧みな愛撫《あいぶ》で頭が真っ白になりそうだ。

「ああ……あん、あっ」

びくびくと身体を仰《の》け反《ぞ》らせると、アルベルトに胸を突き出し「もっと」とねだっているみたいになる……そうわかっていても、身体が言うことを聞かない。無意識に腰が動き、快感を追いかけてしまう。

「エミリア……腰、動いてるね」

アルベルトは声を弾《はず》ませ、彼女の腰をドレス越しになぞった。それから、裾が捲《まく》れ上がって露《あらわ》になっている素足に手を滑《すべ》らせる。

膝をゆっくり撫《な》でたあと、敏感な内腿《うちもも》をなぞり、彼はスカートを更にずらした。

「んっ、あ……ま、待って……」

しかし、アルベルトは妻の抵抗は形ばかりだとわかっているようで、そのままスカートの奥へと手を差し込んだ。

彼の熱い手はエミリアの足を伝い、すぐに足の付け根に届く。

「あ――」

くちゅ……と、アルベルトの指が下着越しに触れて水音が立ち、エミリアは彼の肩口に顔を押し付けて恥ずかしさを紛らわす。

「すごい……」

アルベルトは息を呑み、下着を除けて指を中へ忍び込ませた。泉から溢れる蜜を掬《すく》い、入り口部分で指先を動かす。

「ほら……くちゅくちゅって、音がしてる……」

「や……っ」

アルベルトは更にエミリアを煽ろうとしているようで、その場所がどうなっているかを言葉にしつつ指を動かす。

彼の長い指は、くにくにと動きながら奥へ奥へと入り込み、やがて根元までエミリアの中に沈んでいった。

「ああ……はっ、あ……」

「中までとろとろ……」

彼は指先だけを動かして、膣内を潤《うるお》す蜜を確認する。

「んぁっ、あぁ、ダメ……あ、あ……」

アルベルトは何度か指を出し入れした後、指を増やし、奥のいいところを突く。二本の指が柔らかく蕩《とろ》けた膣壁を擦ると、そこからどんどん熱が生まれてエミリアの体温が上がった。

「ああ……アル、も……ダメッ、は、あっ――」

エミリアの中がいやらしく蠢《うごめ》いて、アルベルトの指を締め付ける。絶頂を迎えた彼女は、足を震わせ、呼吸を乱し、夫の身体にぎゅっと抱きついた。

「すごい……僕の指……食いちぎられそうだ」

アルベルトの囁《ささや》きが、耳元からダイレクトに脳に響く。

「あ……っ、はぁ……」

「エミリア、気持ちよかった？」

肩で息をしているエミリアにアルベルトが問う。だが、彼女は快感で頭が真っ白になっていて、答えられない。

アルベルトはエミリアの頭を左手で撫《な》でつつ、彼女の中から指を抜いた。

「あっ」

彼の指を追いかけるみたいに、足の間から新たに蜜が零《こぼ》れるのを感じ、思わず声が出る。

アルベルトはエミリアの身体を抱き上げてソファに座らせた。自分は床に膝をつき、彼女の下着を器用に取り去って、エミリアの足を大きく広げさせる。

「こんなに濡《ぬ》れるのは初めてじゃない？　ああ、また零《こぼ》れてきた」

「あ！　ん……っ」

いつもなら、こんな淫《みだ》らな格好で無防備な部分を見せるなんて、エミリアには到底出来ない。秘所に口付けられるのも抵抗がある。

けれど、今のエミリアはまだ絶頂の余韻《よいん》を引きずっていて、思考も身体もうまく動かない。アルベルトがそこへ顔を埋《うず》めるのも、どこか遠くの出来事のように感じていた。

「んあぁっ、あ、は……あぁっ」

じゅる、といやらしい音を立ててアルベルトが溢れた蜜を吸い、花びらを押し開く。

先ほどまでの指の愛撫《あいぶ》で濡《ぬ》れてしまっていた泉の周りや足の付け根も丁寧に舐め、柔肌《やわはだ》を食んだ。

時折、泉の入り口に舌を差し込んで、中まで味わって……

「まだ溢れてくるね……ここも、真っ赤で、可愛い」

「ひぁっ」

泉の入り口の上で真っ赤に膨れた秘芽をぺろりと舐められると、エミリアの腰が浮く。

「んっ、あぁっ……あ、あっ、また、イッちゃ……っ」

彼女はソファの背もたれに頭を擦りつけ、アルベルトの髪を掴んで嬌声《きょうせい》を上げた。秘芽への刺激はあまりにも強く、おかしくなってしまいそうだ。

「いいよ。もっとあげるから……」

エミリアの揺れる腰を抱え、アルベルトが愛撫《あいぶ》を激しくする。彼も興奮しているようで、吐息が熱い。

ちゅぷ、ちゅぷ、とアルベルトの唾液とエミリアの蜜が混ざって淫《みだ》らな音を立て続ける。

「あっ……く、はっ、あぁん……っ」

爪先をギュッと丸め、エミリアは下腹部に力を入れた。足がエミリアの意思とは関係なくガクガクと震えてしまう。

もう、ダメだ――

「ひぁっ、あぁあ――」

ドクン、と大きく心臓が跳ね、じわりと汗が滲《にじ》む。弾《はず》む鼓動と共に、全身の血が沸騰《ふっとう》しているようだった。

ぐったりするエミリアの目の前では、アルベルトが唇を拭《ぬぐ》い、もどかしそうにズボンを寛《くつろ》げている。

「……もう少し、いろいろしたかったけど……我慢出来なくなっちゃった……」

「や、待って……今、だめぇ……ふぁっ、ああ……ッ」

アルベルトはエミリアに覆《おお》いかぶさり、頬にキスを落とす。そして彼女の身体を反転させて背中から抱きしめ、一気に昂《たかぶ》りを挿入してきた。

薬のせいか、はたまた今日のアルベルトの強引さのせいか……十分に蕩《とろ》けたエミリアの中に、硬くて熱い楔《くさび》がスムーズに入ってくる。

エミリアはソファの背もたれにしがみつき、アルベルトを受け入れた。しかし、いつもとは違う熱量に、今にも思考がショートしそうだ。

「あ……お、大き……っ、なん、で……あ、あっ……」

「はっ、エミリア……そんないやらしいことを言って……ダメだよ。もたなくなっちゃう」

アルベルトはエミリアの肩に顎《あご》を載せ、彼女の耳朶《みみたぶ》を甘噛《あまが》みしつつ囁《ささや》く。

「ああ……本当に、中……蕩《とろ》けちゃってる……気持ちいい……」

熱く彼を包み込むエミリアの中を堪能するように、アルベルトが腰を擦り付けてくる。すると、昂《たかぶ》りの先端が奥の感じる場所を突き、エミリアの中が収縮した。

「あぁっ、あ、アル……っ」

すでにこれ以上ないくらいの刺激だというのに、更に大きな快楽の波が生まれる。エミリアはそんな感覚が怖くて、アルベルトを振り返ろうと首を捻《ひね》った。

快感に涙が滲《にじ》み、アルベルトの艶《つや》っぽい表情がぼやけて見える。

彼は額《ひたい》に汗を浮かべて目を瞑《つぶ》り、薄く開いた唇から吐息を漏《も》らしていた。目元がほんのり赤く、吐息と共に零《こぼ》れる微《かす》かな声には余裕がなさそうだ。

ドキン――と、エミリアの胸が高鳴る。こんなアルベルトは初めて見るかもしれない。そう思うと同時に、彼女の中が疼《うず》いて一層熱塊を締め付けた。

「……っ、エミリア」

アルベルトはビクッと腰を震わせ、眉根を寄せる。それからうっすら目を開け、エミリアと視線を合わせた。

――愛おしい。

そう強く感じ、エミリアはアルベルトの頭に手を添える。

いつもは、彼はもっと余裕があって、こんな風に一気に貫《つらぬ》かれることはない。いつだってエミリアの様子を窺《うかが》いながらゆっくり、彼女に負担のないよう気遣ってくれる。

けれど、こうやって情熱的に迫ってくれるアルベルトも男らしくてかっこいい。愛する人にこんなに強く求められるなんて、自分は本当に幸せだ。

そんな風に思ったら、身体の奥が更に熱くなって、彼を受け入れている部分がまた疼《うず》いた。アルベルトもいつもより興奮している様子で……それが、エミリアと繋がっているためだということに、幸福感が広がる。

「アル……」

「エミリア」

お互いに名前を呼び、唇を寄せた。何度かキスを繰り返した後、アルベルトが腰を揺らし始める。

「あ、あっ……」

アルベルトの動きはすぐに激しさを増し、エミリアは絶え間ない快感の波に溺れていく。

肌を打ち付ける音や二人が繋がった部分から響く淫《みだ》らな水音が、彼らの身体を熱くする。

アルベルトは後ろから乳房を掴み、乱暴に揉《も》みしだく。けれど、エミリアは嫌だと感じることは決してなく、むしろ、力強い愛撫《あいぶ》に更に感じてしまった。

「ああっ、あ、はぁっ……んあ、あ……」

ソファが律動に合わせてギシギシと音を立てている。エミリアはもう意味のなさない嬌声《きょうせい》を上げることしか出来ない。

アルベルトがうなじに落とす軽いキスでさえ、雷が落ちたみたいな衝撃を生んだ。エミリアの身体は何もかもを快感として認識している。

「あ、ああぁっ、も……っ、あ、やあぁっ！」

アルベルトが両胸の先端を摘《つま》んで捏《こ》ねると、エミリアはとうとう身体を支えられなくなって、ソファからずり落ちそうになってしまった。そんな彼女の腰を片手で支えたアルベルトは、荒々しく身体を移動させ、ソファの上に寝転がる。

エミリアはアルベルトの上に跨《また》がる格好をさせられたが、もう身体を支えられないので、ぐったりと彼の胸に倒れ込んだ。

「あ……アル……っ、きゃ、んあ、はぁ――っ」

肌越しに伝わるアルベルトの心臓の音に安心する間もなく、アルベルトがエミリアの双丘を掴んで下から突き上げ始めた。

小刻みに腰を揺らされると、とても気持ちいい……

「やぁっ、アル……っ、あぁっ、あ、それ……っ」

「エミ、リア……も、イク……」

アルベルトも苦しそうに呻《うめ》き、更に大きく腰を揺らした。最奥を何度も突かれ、意識が飛んでしまいそうだ――そう思った瞬間には、エミリアの身体は絶頂を感じていた。

「んぁっ、あ、あぁ――っ」

「……くっ……」

アルベルトもエミリアの身体を強く抱きしめ、腰を震わせる。なかなか引いてくれない快感の余《よ》韻《いん》と、自分の奥に注《そそ》ぎこまれる白濁の熱さに涙が滲《にじ》んだ。

整わない呼吸と気だるさを抱えたまま、エミリアはアルベルトの胸に突っ伏して目を閉じた。

薬のせいとは言え、最後は恥ずかしさも忘れて乱れてしまったように思う。それに、アルベルトを受け入れて一つになったときは、薬のことなんて吹っ飛んでしまっていた。

「……エミリア」

「ん……っ」

しばらくして、アルベルトがむくりと起き上がり、彼女から離れると乱れた服を直した。彼はそのまま浴室へ向かい、持って来たバスローブをエミリアにかけてくれた。

「大丈夫？」

「……大丈夫じゃないよ……」

ぐったりとソファに横たわったままのエミリア。アルベルトはそんな彼女に声をかけつつ、頭を撫《な》でる。

あんなに濃厚な交わりの後なのに、どうしてアルベルトはすっきりと爽《さわ》やかな顔をしているのか。

エミリアは恥ずかしくて、両手で顔を隠した。

「大丈夫じゃないの？　まだ薬の症状が残っている？」

するりと太腿《ふともも》にアルベルトの手が滑《すべ》る。それに大げさなほど反応してしまったエミリアは、慌てて首を横に振った。

「ち、違うよ！　そ、それは……もう、大丈夫……」

「そう？　じゃあ、治療は成功？」

アルベルトの無邪気な様子に、エミリアは頬を膨らませて彼を睨《にら》んだ。

「アル……！　薬の実験なら協力するよ。でも、こんな……い、いやら……っ、し……」

最後の方は口にするのも憚《はばか》られ、エミリアはもごもごと口を動かす。

「ごめん、ごめん。積極的なエミリアが可愛くて止められなかった」

アルベルトは素直に謝ってくれたが、エミリアのバスローブを整える様子は何だか嬉しそうだ。

「なっ、何言ってるの。もう……ジータ様が襲われちゃったりしたら、大変なんだからね！」

ジータの想い人の彼がエミリアみたいに興奮状態になり、無理矢理ジータを……なんてこともあり得る。

心を通わせたいのに、身体の関係になってしまってはいけない。ジータだって、そんなことを望んでいないはずだ。

「でも、エミリアは身体が疼《うず》いただけだった？　それだけで僕としたの？」

「ええ!?　そ、そうじゃない、けど……」

欲求不満を解消するためだったのかと問われ、エミリアは狼狽《ろうばい》し、否定する。確かに身体の疼《うず》きに逆らえず、流された部分もあるが、相手がアルベルトだったから身を委《ゆだ》ねたのだ。

もし他の人だったら……

「アルだったから……アルじゃなきゃ、嫌だよ」

変なことを考えてしまい、涙が滲《にじ》む。急に寂しい気持ちになって、エミリアはアルベルトの袖口をキュッと掴んだ。

「うん。僕も。エミリアだから止まらないんだよ」

「ほ、本当？」

「本当。エミリアじゃないと、気持ちよくない」

ストレートな告白は照れるが、とても嬉しい。

「うん。私も……」

アルベルトが触れるから、感じるのだ。さっきだって、アルベルトの色香に心を射貫かれて……今までにないほど濡《ぬ》れて乱れてしまった。

そう考えると、心と身体の関係という観点では、この惚れ薬は失敗とは言えないのかもしれない。

たとえば、この高揚した気持ちが持続するとしたら、恋に落ちることも可能なのではないか。そんな気までしてくる。

ただし、その前に欲情してしまう点を改良しなければならないけれど……

＊＊＊

一週間後。

いつも通り診療所を開いたエミリアは、お昼頃に受付へやってきたジータを前に辟易《へきえき》していた。

アルベルトがいれば彼が対応してくれるだろうが、生憎《あいにく》彼は町の学校へ往診に行っている。魔法訓練中に怪我をしてしまった生徒を診《み》てほしいと依頼があったのだ。

学校が少し離れた場所にある上、田舎町《いなかまち》で教員も少ないため、学校を離れられないという事情らしい。

だから、エミリアは診療所で留守番ということになり、この時間は薬の処方のみを受け付けていた。

「私は急いでほしいと申しましたわ」

「ごめんなさい。でも、薬の開発には時間がかかります。もう少し、待ってください」

ジータが惚れ薬開発を依頼してからもうすぐ二週間。急いでくれと言っていた彼女は、エミリアがどんなに宥《なだ》めても、「薬は出来たのか」と迫ってくる。

「もう少しって、一体どれくらいですの？」

先ほどから同じことしか言わないエミリアに、ジータはイラついた様子で腕を組み、片眉を上げた。

「噂《うわさ》では、アルベルト先生は一日で薬の改良を成功させたこともあったと聞きました。そんな優秀な方が、一週間以上も成果なしなんてあり得ません！」

「でも改良と開発は少し違って……一から作るとなると、難しいんです」

改良を施《ほどこ》す薬は、すでに流通しているものが多い。服用回数や量を減らすために効果を増大させたり、副作用が出た報告があれば、その改善をしたりする。

一方、開発は今までなかった薬を作るということだ。誰かが途中まで研究している場合もあるが、今回の惚れ薬については、ほとんど白紙に近い状態から始めている。一朝一夕《いっちょういっせき》に出来るものではない。

「だからって、試薬くらいないの？」

それでも諦めきれないらしいジータは、エミリアにずいっと近づいて、探るような目つきで彼女を見る。

「いえ……あの、きちんと効果や効能、人体への影響などを調べないといけませんから……」

開発中の薬についての情報は開示出来ない。エミリア自身、アルベルトの研究が今どの段階なのかよく知らないから、教えられないという事情もある。

だが、エミリアの言葉を聞いたジータは人差し指でエミリアの胸元を指差し、フンと鼻で笑う。

「調べるっていうことは、もう薬はあるのね？」

「いえ、それは……」

ジータの指摘に、エミリアは嘘をつけない自分を心の中で叱りつけた。

それに「調べた」からこそ教えられないということもある。あんな薬を提供したら……

一週間前の濃厚な交わりを思い出し、エミリアはかぁっと頬を染めた。

「あわ、わ、あの……っ、そんな、ほ、惚れ薬とは、ほど遠くてっ！」

慌てたエミリアは、ぶんぶんと首を横に振りつつ否定する。だが、それを聞いて、ジータはイラついていた表情を一変させ、ホッとしたような、嬉しそうな笑みを浮かべる。

「何よ。私は依頼主よ？　知る権利があるわ。それで、試薬はどうだったの？」

「あ……その……」

エミリアは口元に手を当てたものの、口にした言葉をなかったことには出来ない。彼女は視線を泳がせ思案したが、結局、誤魔化すよりも正直に話すほうがいいという結論に至り、そっと息を吐き出した。

「あの……試薬は、ちょっと副作用があったので……それを改良していますから、もう少し待ってください」

声を落とし、出来るだけ早口で告げると、ジータは満足そうに頷いた。

「あら、そう。では、完成する日も近そうね」

「それは……」

確かに試薬は出来たが、第一弾がアレなので不安が残る。始まりが身体の関係では抵抗があるし、それだけの関係になってしまうのは避けなければならない。そもそもエミリアはアルベルトのことが好きだから、ああいう流れになってもよかったというだけだ。

「……まだ、何とも……」

どちらにせよ、はっきりとした回答をすることが出来ず、エミリアは俯《うつむ》き気味に言う。それでも、ジータは研究の進行を確認出来たことで満足してくれたのか「また来るわ」と言って踵《きびす》を返した。

そこへ、往診を終えたアルベルトが診療所へ入ってくる。

「おや、ジータ様。こんにちは。薬はまだ——」

「ええ。今、エミリア先生に伺いました。副作用が出たらしいですわね」

ジータは声を潜《ひそ》めることもせず言い放《はな》つ。

その瞬間、診療所の待合室がざわめき、エミリアは慌てて二人に駆け寄った。

「あ、あの、副作用と言っても、害はなくて……効果を高めるための研究にもう少し時間がかかるだけで……」

「でも、結局まだ時間はかかるのでしょう？　だったら、きちんと副作用のないものにしてください。あの方に飲ませて死んでしまったら、話になりませんわ」

ジータは頬に手を当てて、困った表情をする。単に確実な惚れ薬が欲しいがための言葉であって、悪気はないのかもしれない。だが、こう大声で副作用だの死んでしまうだのと言われては、診療所の印象が悪くなってしまう。

現に、診察を待っている患者さんたちは不安そうな面持《おもも》ちでエミリアたちの方を見ている。

エミリアは口を滑《すべ》らせた自分に責任を感じ、拳《こぶし》を握って俯《うつむ》いた。ジータに試薬について中途半端に教えてしまったこともいけなかっただろう。

そんなエミリアを背に隠して、アルベルトはにこやかにジータに笑いかけた。

「ええ、大丈夫ですよ。エミリアの言う通り、害はありません。命に危険のあるような薬は作りませんから、ご安心を」

「そう。それならいいけれど……また来ますわ」

アルベルトが丁寧に対応すると、ジータは微笑んで頷き、軽く会釈《えしゃく》をして診療所を出て行った。

「さぁ、エミリア、午後の診察を始めるよ。皆さんも、お待たせしました」

アルベルトは落ち込むエミリアの背をそっと押し、診察室の中へ促《うなが》す。カーテンを閉めて待合室から見えなくなると、彼はエミリアの身体を引き寄せて頭をポンと優しく叩いた。

「遅くなってごめんね。ジータ様の相手は大変だったでしょう？」

「ううん……ごめんなさい。私、ジータ様に試薬のことを教えちゃって……」

エミリアにそのつもりがなかったとしても、結果的にそうなってしまったのだ。しかも、診療所に来ていた患者さんを不安にさせた。

「大丈夫だよ。強い薬には副作用があるものも少なくないし、それは皆知っているから」

「そうかもしれないけど……」

「エミリアは心配しすぎだよ。リラックス、リラックス」

アルベルトはジータの言動を大して気に留めていないようで、軽く受け流す。

確かにエミリアは心配しすぎなところもあるが、アルベルトほどお気楽なのもどうなのだろう。

一抹《いちまつ》の不安を抱えながらも、エミリアは頷くことしか出来ず、午後の診療準備に取りかかった。


「アルベルト先生、さっきジータ様が言っていた薬っていうのは新しいものなのかい？　副作用が死に至るくらいあるって？」

「違いますよ。新しい薬は研究していますけど、危ない薬ではありません。副作用と言っても、食欲が高まるくらいなんです。出来ればそれを改善したいと思っているので、処方はまだ出来ないですが」

患者さんからの不安げな質問に、アルベルトは軽く笑って答える。

食欲……エミリアは少々呆れた目を夫に向けた。すると彼がにっこり微笑んでみせたので、エミリアはこっそりため息をつく。

アルベルトはきっと、「食欲と性欲は似ているんだ」と言いたいのだろう。確かに二つの欲求はとても似ていて、どちらかが満たされるともう一方も満たされる傾向にあるとされる。

よくそんな都合のいい解釈が出てくるものだなぁと、呆れを通り越して感心してしまう。

「はは、何だ。ジータ様がまた大げさなだけか」

ジータに猪突猛進《ちょとつもうしん》なところがあるということは周知の事実らしい。

「新しい薬か。アルベルト先生の薬はよく効くから楽しみだね。ああ、そうだ。記憶力がよくなる薬とかはないのかい？」

「記憶力ですか？」

アルベルトが首を傾げると、患者さんは神妙な表情で頷いた。

「まだ若いと思っていたんだけどね、俺も物忘れが出てきたみたいだ。この前風邪を引いたときなんか薬を飲んだことを忘れて、何回も飲もうとして……嫁に怒られたわ」

わははと笑う彼は、後頭部に手を当てて照れ臭そうにしている。

エミリアはどこかで聞いた覚えがある話だと考え、ガブリエラのことを思い出した。

「そういえば、ガブリエラさんも風邪を引いたときに物忘れがひどくなったというようなことを言っていましたね」

「何？　あの婆さんと同じかぁ……」

ショックを受けたらしく、唸《うな》ってしまう患者さん。確かに彼とガブリエラでは親子ほど歳が離れている。

「今はどうですか？」

アルベルトはカルテに書き込んでいた手を止めて、質問する。

「今はもう大丈夫さ。風邪を引いたのもあれが最後だ。ここが出来る前だったから、結構前かな」

「そうですか……風邪と似た症状なだけで、他の病気の場合もありますので、次はもう少し精密な検査をしてみましょう。薬との相性もありますし……アレルギーテストは……したことがないみたいですね。いい機会ですし、してみますか？」

「ああ、これからもここに来るだろうし、やってもらっておくかな」

患者さんの同意を得て、エミリアは必要な道具を用意する。

アルベルトが彼の指先から血液を少量採取し、エミリアが魔法と薬品を使って検査を行う。主なアレルギー項目の結果はすぐに出る。

「特に反応はないです」

エミリアが結果をアルベルトと患者さんに伝えると、アルベルトは少々不思議そうな顔に、患者さんはホッとした顔になった。

アルベルトが、そんな患者さんに説明を続ける。

「細かい薬草などのアレルギーについての結果が出るのは二日後になります。以前に処方された風邪薬はまだ持っていますか？　そこに含まれる成分で何かアレルギー反応が起こったのかも調べられますが」

「うーん……あれはどこへやったかなぁ。探してみるけど、なくした気がするな。すまんなぁ」

「いいえ、それなら薬草アレルギーだけ調べましょう。また二日後にいらしてください」

「ああ、ありがとう。アルベルト先生」

アルベルトは「お大事に」と言いつつ彼を見送って、カルテに検査結果を書き込む。

エミリアは後ほど詳しい検査をするために、採取した血液に保存用の魔法をかけて、要検査の棚へしまった。


そんなこんなで、その日の診察は終わった。

あの後もジータとのやりとりを気にして、新薬について質問する患者さんがいたが、アルベルトが説明をしたおかげで納得してくれたようだった。

それを思い出して、エミリアはちょっと気が重くなる。

アルベルトは、薬の開発をやめるつもりはないのだろうか。

いくらアルベルトが優秀でも、人の心を変える——洗脳にも似た医療行為など、普通はクラドール協会は許可をしない。

それなのに、一体どうしてアルベルトの研究に許可が出たのか……

エミリアは向かい側に座って食事をしている夫にチラリと視線を向けた。すると、彼は彼女の何か言いたそうな様子に気づいたのか、フォークとナイフを置く。

「どうしたの？」

「え、あ……えっと……」

どう切り出したらよいものか……エミリアは悩み口ごもる。

別に真っ向から惚れ薬の製作を否定したいわけではない。ただ、危ないことや診療所の不利益になることに手を出してほしくないというのが本音だった。

「惚れ薬のことでしょう？」

「……うん」

アルベルトは、エミリアの言いたいことはわかっていると言わんばかりにクスッと笑う。

「アル……本当に、許可は出ているの？」

「もちろん。ロレンツォ先生に報告もしているから、何も心配することはないよ。大丈夫」

「そう、なの……？」

アルベルトを疑っているわけではないのだが、エミリアの返事は心もとない。

「うん。クラドール協会も、脳と身体の関係性については興味を持っているよ。脳に直接施《ほどこ》せる治療というのは少ない。それが出来るクラドールは更に少ないから、脳と身体の相互関係がわかれば、違ったアプローチも出来るってね」

「ん……そう、かもしれないけど……」

エミリアは、手にしたままだったフォークとナイフを置き、アルベルトを真っ直ぐ見つめた。

「あのね、アル。ジータ様が困っているのはわかるし、アルが助けてあげたいって考えたのもクラドールとして当然だと思う。この研究で証明されることは、今後の魔法治療に大きく影響するっていうこともわかるよ」

長い歴史の中で、魔法治療も研究を重ねて進化してきた。気の使い方や身体の組織へのアプローチの仕方、薬の開発についてもそうだ。

アルベルトの言う通り、もし彼が惚れ薬やそれに類似する薬を生み出すことが出来たら……これは、更なる魔法治療の発展を意味するに違いない。

「でも、ジータ様一人のために、今日みたいに他の大勢の患者さんを不安にさせてしまうような事態は避けたいの」

将来を見据えた研究というのは重宝されるし、大事なことだ。しかし、そのために、まさに今困っている人たちへの対応を疎《おろそ》かにしていいわけではない。

「ジータ様の場合は、薬に頼らなくても解決出来る悩みだとも思うし……」

恋の悩みというのは複雑である。それは、エミリアも理解していた。

想いを告げるのは緊張するし、それが実らなくて落胆することもある。想いが通じたとしても、乗り越えなければならないものはたくさんあるだろう。

エミリアだって、特にベッドの上ではなかなかアルベルトの望むように振る舞えていないことで悩んでいる。アルベルトはもしかしたら不満を持っているかもしれない。

あんな風に……先日薬を飲んだときみたいにひどく乱れるのは稀《まれ》だ。

そこまで考えて、エミリアは淫《みだ》らな記憶を振り払おうと首を横に振る。

「そ、それに、この前の試薬で起こった症状の原因もきちんと調べ――」

そこでハッと気づいたことがあり、またエミリアの思考と言葉が途切れる。

薬の研究・開発には、クラドール協会の許可が必要で、その過程を報告することが義務付けられている。

アルベルトもついさっき「ロレンツォ先生に報告もしている」と言った。ということは……

「ちょっと待って……！　アル、ロレンツォ先生に報告って……まさか……」

衝撃のあまり、エミリアは口をパクパクさせた。しかし、続く言葉が出てこない。

研究報告は、薬に使った材料や調合方法はもちろん、実験結果・考察まで事細かにまとめて提出しなければならない。

つまり先日の薬の実験――エミリアが〝興奮〟したことからその解決方法までが、ロレンツォ、ひいてはクラドール協会に筒抜けということになってしまう。

動揺するエミリアに、アルベルトはこともなげに答える。

「心配しないで、エミリア。確かに研究結果は報告したけれど、あくまで医学的観点からだよ」

「い、医学的、観点……」

そう言えば聞こえはいいが、あんな淫《みだ》らな行為を医学的観点でどう説明するというのだろう。

「そう。だから、楽しんでしまったことは秘密にしてあるよ」

アルベルトは茶目っ気たっぷりに、片目を瞑《つぶ》ってみせる。

「た――ッ!!　楽しんでなんてないよ！」

カーッと一気に体温が上がり、エミリアは両手で頬を包み込む。とても熱くて、赤くなっているのが自分でもわかった。

「照れちゃって、可愛い」

からかっているのか、本当にそう思っているのか、アルベルトはクスクス笑いつつ食事を再開する。

エミリアはそんな彼を恨めしそうに見つめ、頬を膨らませた。

「でも、僕にもう少し忍耐があったらもっとよかったよね……うん。次は、更に攻めてみたいな」

「次!? そ、そんなのないからね！」

アルベルトの発言に、悲鳴じみた声で反論する。

「もう、変なことを考えていないで、早く食べて！」

エミリアは照れ隠しもあり、少々キツイ口調で言い、視線を食べかけの白身魚へ移した。

あの日のいつもと違った二人の触れ合いを思い出して、アルベルトを真っ直ぐ見つめることが出来ない。

結局、エミリアの聞きたかったことは、はぐらかされてしまったのだと気がついたのは、夕食後。

アルベルトが再び研究室に籠《こ》もってからだった。

＊＊＊

翌朝。

エミリアが目覚めると、ベッドにアルベルトの姿がなかった。彼女は寝ぼけ眼《まなこ》でベッドから下り、ふらふらとリビングへ向かう。

「アル？」

しかし、そこにも夫の姿はなく、代わりに一枚のメモがテーブルに置いてあった。

――薬草を仕入れに行くね。

綺麗に整った字は、確かにアルベルトの筆跡だ。今日は休診日なので、薬草の調達に行くこと自体はよくある。しかし、いつもは二人一緒に行くし、こんなに朝早く出かけてしまうことも珍しい。

エミリアは深くため息をついて、洗面所へ向かった。

アルベルトがエミリアを連れて行きたくないとすれば、理由は惚れ薬関連しか思いつかない。変な薬草を使っていなければいいが……

（アルってば……ちょっと夢中になりすぎじゃない？）

顔を洗い、だんだんとはっきりしてきた意識の中、エミリアはアルベルトのおかしな行動を訝《いぶか》しく思うのだった。


午後になってもアルベルトは帰らず、エミリアは自分も薬草を摘《つ》みに行こうと籠《かご》を持ち、外へ出た。

窓から吹き込む風がとても暖かかったので、パフスリーブとフレアスカートの涼しげなワンピースを選んだ。髪の毛も一つに纏《まと》めて結い上げ、いつもつけている貝殻《かいがら》の髪飾りは結び目に添える。

森に一人で入るのは不安なため、今日は診療所の近くで見つかる薬草だけにしよう。そう思い、湖の方へ足を向けた。

水辺に生息する薬草は、多く取れる上に効果の高いものが多い。マーレ人と同じで水を好むからなのか、調合するとき、水魔法によく馴染《なじ》んでくれるのだ。

エミリアは鼻歌交じりに必要な薬草を摘《つ》んでいく。時々湖の水に触れてみたり、珍しい色の花を観察したりしながら、午後の陽気を楽しんだ。

――ここでリスやうさぎに会えたらラッキーなのだけれど……

湖は綺麗な水色で、太陽の光を反射してキラキラ輝いて見える。そのほとりには小さくて可愛らしい花もちらほら咲いていた。

時折吹く風が、まるでレース生地の花を揺らすかのようにエミリアのスカートを靡《なび》かせる。

そうしてしばらく歩くと、木陰で休んでいる人がいたので、エミリアは挨拶《あいさつ》をしようと近寄ってみた。

「あ……ジータ様」

そこには、今日も目一杯お洒落《しゃれ》をしたジータが憂《うれ》いを帯びた表情で座っていた。寂しそうな雰囲気のせいか更に大人びて見えて、エミリアは少しドキッとする。

「エミリア先生ね。こんにちは」

「こんにちは」

「……お座りになったら？」

ジータは自分の隣を指差して、エミリアを促《うなが》した。

「あ、はい……」

彼女とは親しいわけでもないし、正直気まずかったけれど、せっかくの誘いを断ることも出来ず、エミリアは素直に彼女の隣に腰を下ろした。

「あの、お付きの方は？」

「いないわ。王族でもあるまいし、四六時中付き人がいるほうがおかしなことよ」

しかし地方領主とはいえ、貴族の一人娘。平和な町ではあるが、さすがに一人でうろうろするのはいかがなものか……と、エミリアは心配になる。

「でも……何があるかわかりませんし、領主様はご心配されるのでは？」

エミリアがそう言うと、ジータは彼女を横目で見た後、はぁっと大きなため息をついた。

「貴女《あなた》って、慎重というか臆病《おくびょう》というか……」

ジータは呆れた様子で空を見上げる。

「石橋を叩いて、叩いて、自分で壊してしまって渡れなくなるタイプかしらね」

「は、はぁ……」

何だかよくわからないたとえだが、エミリアは慎重すぎてダメだと言われているらしい。

「でも、貴女《あなた》の言う通りよ。今頃、慌てて私を探しているでしょうね」

「じゃあ、早く戻らないと……」

「そういう気分じゃないのよ」

ジータはエミリアを見て肩を竦《すく》め、再びため息をついた。

「あの人に会いに行くのに、付き人なんて邪魔だもの」

ジータの口ぶりから、〝あの人〟というのは彼女の想い人だろうと察し、エミリアはどう返答したらいいのか思案する。

彼女の父親は、ジータを自分の選んだ婿《むこ》に嫁《とつ》がせたいのだ。付き人は、ジータが他の男に会うことを許さないのかもしれない。

きっと、ジータはこっそり家を抜け出してきたのだろう。

「皆さんに内緒で、お出かけに……？」

「そうよ。今、帰ってきたところなの」

ジータは悪びれもせずに言い放《はな》ち、フンと鼻を鳴らした。

彼女は開き直っている様子に見える。詳しい事情はわからないし、エミリアが早く帰るよう言っても聞かないだろう。

それからしばらく、二人の間に沈黙が続いた。

「クラドールって、変な人が多いわよね」

その静寂《せいじゃく》を破ったのは、ジータだ。

「そ、そうでしょうか……？」

唐突な言葉に、エミリアは困惑しつつ曖昧《あいまい》に言葉を返した。

マーレ王国では多くの人間がクラドールの資格を持っている。ジータの言い方だと、マーレ人の多くが変だということになってしまうな……と真面目に考えていた。

「ええ。貴女《あなた》は極端に保守的で慎重だし、アルベルト先生はクラドールにしては軽いノリよね。惚れ薬の依頼をあんな簡単に引き受けてくれるとは思っていなかったわ。それに、あの人は……何を考えているかわからないし」

今ジータが言ったあの人というのも、彼女の想い人のことだろう。

「えっと……その方も、クラドールとして働いていらっしゃるのですか？」

「ええ、そうよ」

なるほど、ジータが今まで会ったことのあるクラドール――資格を持つだけではなく、それを職業としている人は、エミリアとアルベルトを含む三人で、その全員が個性的だったということらしい。

「あの人、私が告白しても顔色一つ変えなかったわ。普通、嬉しそうにしたり、驚いたり、嫌なら困ったり顔を歪《ゆが》めたり、何かあると思わない？」

「まぁ……そう、ですね」

エミリアはアルベルトに告白されたときのことを思い出し、頷いた。エミリアもすでに彼のことが好きだったから嬉しかったし、同時に彼が同じ気持ちでいてくれたことに驚きもしたのだ。

「それが、彼は『そうなんですか』ですって。イエスかノーか、まったくわからなかったわ」

「じゃあ……その方との関係は、今どういう……？」

ジータが自《みずか》らいろいろと話してくれるので、エミリアは躊躇《ちゅうちょ》しつつも聞いてみる。

「わからないわ。少なくとも、あの人は私の気持ちを知っている。これだけね。それで、私は出来るだけ彼の気を引こうとしているわけ。だ・か・ら！」

ジータはそう言ってエミリアに向き直り、人差し指で彼女の胸元を突く。エミリアはジータの勢いに、思わず両手を挙げて背を反らした。

「早く惚れ薬を完成させてちょうだい。あの人のことを考えると夜も眠れないのよ。そのせいでお肌も荒れちゃって……これじゃ、ますます彼に近づけなくなってしまうわ」

確かに、近くでよく見るとジータの目元にはうっすら隈《くま》が出来ている。化粧で隠してはいるが、パウダーが浮いてしまっていて更に目立っていた。

「いつ無理矢理嫁《とつ》がされるかわからないから、苛立ったり悲しくなったりもするし」

エミリアは彼女の必死な様子に気圧《けお》され、相槌《あいづち》を繰り返した。そんなエミリアのはっきりしない態度に呆れた様子で、ジータは立ち上がる。

「まぁ、こんな気持ち、幸せいっぱいの貴女《あなた》にはわからないかもしれないけれどね」

傍《はた》から見れば、エミリアは優秀で頼りになる夫に愛される幸せな新妻だろう。それは間違いではないが、エミリアにだって彼女なりの悩みはある。

そう、ジータが惚れ薬を依頼したせいで、アルベルトは異常なくらい研究に打ち込んでいるのだ。彼女にとっては重要なのかもしれないが、エミリアは惚れ薬なんて邪道だと思う。

とはいえ、ジータがエミリアの意見を聞き入れないことはすでに証明済みだ。

これ以上、彼女に何か助言出来ることはなさそうだが……

「あの……！　惚れ薬はまだ時間がかかりますが、ジータ様の寝不足を解消するお手伝いはすぐに出来ると思います」

エミリアはおずおずと自分に出来そうなことを申し出る。帰ろうとしていたジータは振り返って足を止めてくれた。

「治療とは少し違いますが、ハーブティーやアロマなど……試してみませんか？」

「ハーブティーなら、うちの執事が淹《い》れてくれるわ」

今更と言わんばかりに、ジータは肩を竦《すく》めてやれやれという表情をする。

「でも、私のハーブは、クラドールだけが行える薬草栽培の方法で育てたものです。煎《せん》じ方も普通の家庭で行うものとは異なりますし、とてもよく効きますよ」

薬草は自然の山や森から採《と》ってくるものもあれば、不足することのないよう人の手で栽培するものもある。

エミリアはその延長で、少量ではあるけれどハーブも育てていた。それぞれの植物のよい成分がよく出るように魔法で管理するため、煎《せん》じたときに効果が最大限に表れる。

「基本的には普段飲むお茶と同じですから、仮に効果がなくても、害はありません」

ジータはため息と共に「そうなの」と言って、再びエミリアに背を向けた。提案には興味がないらしい。

「あ……ジータ様！」

「帰るわ。私はそんなまどろっこしいものより、根本的に悩みを解決する薬が欲しいのよ。まぁ、どうしてもと言うのなら屋敷まで届けてちょうだい」

そう言い残し、ジータは歩き出してしまう。

彼女にとって、エミリアの提案はその場凌《しの》ぎに過ぎないのだろう。そもそも惚れ薬が完成して、〝あの人〟がジータを好きになれば、彼女の睡眠不足や情緒不安定は治るのだから。

しかし、エミリアに出来ることといえば、健康的な日々を過ごすための手伝いくらいだった。

（よし……！）

ジータは屋敷まで届けるのは構わないと言ったのだ。それなら、すぐにでもハーブティーを用意して持って行こう。ついでに、肌荒れ対策としてエミリアが愛用している自家製の保湿クリームも。

エミリアはジータに届ける品を用意するべく、診療所へ戻った。


帰宅後、エミリアはハーブティーの葉を小袋に分け、余分に作っておいた保湿クリームが入った瓶と一緒に紙袋に入れた。そして、またすぐに診療所を出た。

スコット家の屋敷は、診療所とは市場を挟んで反対側にある。馬車や人が通れる道もあるが、市場を抜けると少しだけ近道だ。

エミリアは迷わず市場へ入り、顔見知りの人々と挨拶《あいさつ》を交わしつつ歩を進めた。両側に並ぶ新鮮な野菜や果物もチェックし、帰りは夕飯の材料を買っていこうと考える。

今日は大漁だったらしい漁師の店が安売りしているのを見て、歩きながら人垣の向こうを覗こうとした、そのとき――

「きゃっ！」

ドン、と背の高い男性とぶつかり、エミリアはよろけて膝をついてしまった。早足で歩いていた相手も僅《わず》かによろけたものの、転んではいない。

「ご、ごめんなさい。余所見《よそみ》をしていて……大丈夫ですか？」

エミリアはホッとして立ち上がり、頭を下げる。

「ええ。こちらこそすみません。急いでいたもので」

男性の方もすかさず謝ってくれて、エミリアはスカートについた土を払った。

そして男性を見上げたところ、一瞬だけ目が合ったけれど、その人は何かに気づいてしゃがみ込んだので、顔立ちはよく見られなかった。彼が帽子を深くかぶっていたせいもある。

彼の動作を追いかけて、エミリアは視線を落とす。

「あ！」

「これ」

彼はハーブティーとクリームを拾い、エミリアに差し出してくれた。

ぶつかったときに彼のジャケットのカフスボタンか何かに引っかけてしまったらしく、紙袋が破れている。

「中身は大丈夫だと思いますよ」

「ありがとうございます」

エミリアはお礼を言い、ハーブティーとクリームの瓶を受け取った。紙袋はもう使えないので、このまま持っていくしかない。

「お気をつけて」

男性はかぶっていたこげ茶色の帽子を軽く浮かせて会釈《えしやく》し、エミリアが来た方向へ歩いて行った。

長めの黒髪がサラサラで綺麗だな……なんて考えながら、エミリアも会釈《えしやく》を返して急ぐ。

市場を出て十分ほど真っ直ぐ歩くと、田舎町《いなかまち》には少々不釣合いな豪邸が見えてくる。スコット家の屋敷だ。

エミリアは門にいる警備の男に事情を説明し、中へ入れてもらった。

屋敷のエントランスに着くと、執事らしき年配の男性が迎えてくれたので、エミリアは頭を下げて挨拶《あいさつ》する。

「こんにちは。ファネリ診療所のクラドール、エミリアです。ジータ様に安眠効果のあるハーブティーと、肌荒れによく効く保湿クリームを届けに参りました」

「お初にお目にかかります。執事のカルロと申します。診療所のお噂《うわさ》はかねがね伺っておりました。ジータ様のために、わざわざお越しくださりまして感謝いたします」

さすが名家に仕える執事。腰を折って挨拶《あいさつ》をする所作すらも恭《うやうや》しい。

上流階級の人々とはあまり縁のなかったエミリアは、カルロの態度に緊張し、持っていたハーブティーとクリームを少々ぎこちなく彼に差し出した。

「こちらです。ハーブティーは、お湯の温度や煮だしの時間を正確に測ると効果が高まります。あ、これが淹《い》れ方です」

カルロがそれらを受け取った後、エミリアはポケットに入れていたメモも渡す。

「あと、クリームは最初にこのアレルギー検査をしてから使ってください。もし反応が出たら、水で洗い流せば治ります」

「ありがとうございます。ジータ様におすすめしてみましょう」

「はい、ぜひ」

ジータは乗り気でなかったが、カルロは快《こころよ》く厚意を受け取ってくれたようだ。エミリアは安心して頬を緩《ゆる》める。

「エミリア様、よろしければ休んでいかれては？　お茶を淹《い》れましょう」

「い、いいえ！　ハーブとクリームをお届けに来ただけですし、すぐに帰らないと……」

さすがにアルベルトも帰る頃だろう。今日採《と》った薬草の下処理もしなければならない。

「そうですか。お忙しいところ、ありがとうございました」

「いえ、少しでもジータ様の体調がよくなるといいですね。では、失礼します」

エミリアはもう一度頭を下げ、踵《きびす》を返す。

ジータの望みを直接叶えることは出来ないけれど、多少なりとも彼女の心が安らげばいい。そう心から願いながら――

エミリアが帰宅すると、アルベルトはすでにリビングで寛《くつろ》いでいた。

「ああ。エミリア、おかえり」

「えっと……ただいま？」

彼の帰宅を待っていたのはエミリアの方だったはずなのに、ジータへの届け物をしている間に立場が逆転してしまったらしい。反射的に「ただいま」と言ってしまったが、何だか違う気がする。

「もう、アル。『おかえりなさい』はこっちの台詞《せりふ》だよ。朝早くからどこへ行っていたの？」

「ごめん、ごめん。隣町の薬草栽培所に行ったんだ。あそこで育てている植物の根は質がいいからね。やっぱり土がちょっと違うみたいだったなぁ……」

アルベルトは「次は土も分けてもらおうかな」などと呟く。

「そうなの？　まったく……アルが全然帰ってこないから、私も一人で薬草を摘《つ》みに行ったんだよ」

彼のことだ。きっと土の状態を調べたり、温度管理や栽培方法などを教えてもらったりして長居したのだろう。

「もしかして、僕がいなくて寂しかった？」

クスクスと笑いながらアルベルトがエミリアに近寄ってくる。

「そ、それは……」

「ごめんね。よく眠っていたから、起こさない方がいいかなと思ったんだ。昨日も遅くまでしちゃったでしょう？」

ぎゅっと後ろから抱きしめられて、エミリアは頬を染める。至近距離で囁《ささや》かれると、どうしてもドキドキするし、身体も火照《ほて》ってしまう。

「それに……エミリアだって、僕より帰りが遅かったじゃない。どこへ行っていたの？　摘《つ》んだ薬草も置きっぱなしで」

「あ……み、湖で、ジータ様に会って……寝不足と肌荒れに悩んでいるみたいだったから、ハーブティーとクリームをお屋敷へ届けてきたの」

「ジータ様に？」

アルベルトは意外そうな声を出し、エミリアから離れる。

「うん……ジータ様、眠れなかったり、不安になったりするみたいだから」

お節介だと思われたかもしれないが、やはりこんな状態は改善するに越したことはない。

「なるほど、恋煩《わずら》いが続いているのかな」

アルベルトは納得した様子で頷き、エミリアが持っていた袋をひょいっと取り上げた。そこには帰り道、市場で購入した魚と野菜などが入っている。

「それなら、エミリア。お風呂に入ろうよ」

「へ？　お、お風呂？」

それなら……と言われても、話が繋がらない。

アルベルトは魚を冷やすため、氷の入ったボウルに入れながら頷く。

「実はね、新しい試薬が完成しているんだ。今度は趣向を変えて入浴剤にしてみたから、試してくれる？　ジータ様がそんな状態なら急がないとね」

アルベルトが惚れ薬の開発を諦めていないことに、エミリアは嘆息する。けれど、彼は気にした様子もない。

「飲み薬はちょっと時間がかかるからね。皮膚から直接吸収させることで即効性を重視してみたよ。まぁ、塗り薬みたいなものかな？　でも、男性にクリームはつけさせにくいかと考えて……入浴剤なら、勧めやすいでしょう？　リラックスした状態だと、吸収率も高まると思うんだ。香りにもこだわっているし、エミリアも気に入ると思うよ」

「え……ええ？」

改良点を満足そうに説明するアルベルト。エミリアは彼の少年のような表情が眩しいやら、話についていけないやらで、たじたじだ。

「ほら、ほら」

上機嫌のアルベルトはエミリアの背を押し、浴室へ入ってしまう。そして、すでにお湯を張っていた浴槽に蜂蜜に似た液体を混ぜた。浴槽の中を覗くと、お湯の色が乳白色に変わっていた。

浴室の熱い空気と共に、むわりと甘い香りが立つ。

「さぁ、どうぞ」

「ちょっと待って。アル、惚れ薬の開発を引き受けたのは、あくまでジータ様の気持ちが落ち着いて考えを改めてくれるまでの時間稼ぎなんだよね？　このままではまた流されてしまう。そこでエミリアはアルベルトに、惚れ薬開発についての真意を確認する。

「それがベストだけどね。でも、研究を続けていないと嘘ってばれてしまうかもしれないでしょ

125　溺愛処方にご用心

う？　こうやって実験していた方が、追及されたときに言い訳しやすくなると思うし。それに、もし本当に惚れ薬を作れたら、すべて解決だよ」

確かに何もしていないよりは、自然な対応が出来るだろう。

だが、アルベルトの「本当に惚れ薬を作れたら」という言葉に、エミリアはぶんぶんと首を横に振った。

「だから！　惚れ薬はダメって――」

「もしもの話だよ。エミリアだって、薬の実験には協力するって言ってくれたじゃない」

「う……わ、わかった。入るよ……」

エミリアがお風呂に入って試せば、アルベルトの気は済むだろう。以前、約束してしまったのは事実だ。

再び嘆息しつつ、エミリアは脱衣所に戻りドレスのジッパーに手をかけた。だが、アルベルトがまだ隣に立っていることに気づいて手を止める。

「アル？　あの、入るから、ちょっと外に……」

アルベルトは出て行くものと思っていたエミリアは、まったくそんな気配がない彼に困惑する。

「外？　でも、ここで見ていないと実験の観察が出来ないよ」

「あ、そ、それは……そう、だけど」

そこまで考えが及ばず、安易に了承してしまった。何だか流された形になってしまったことを後悔するが、すでに遅い。

「う……じゃあ、後ろ向いていてくれる？」

「んー？　仕方ないなぁ」

アルベルトはエミリアが恥ずかしがっていることもわかっているのだろう。からかいを含んだ声で言って、クスクスと笑いつつ、彼女に背を向けてくれた。

それを確認して、エミリアは身につけていたものを手早く脱ぎ、浴室へ入って扉を閉める。

まずはシャワーを浴びて、軽く身体の汚れを落としてからお湯へ——

色がついてはいるが、見た目は普通のお湯だ。しつこくない程度の甘い香りで、気分も悪くない。

それでも、未知のものに身体を浸《つ》けるというのは少々不安だ。

エミリアは恐る恐る足をお湯に近づけた。親指の先をちょこっと浸《つ》けて、慌てて引っ込める。

爪先が白く濁《にご》ったお湯に触れた瞬間、じわっと細かな泡が立つ感じがした。

だが、それ以外は特に変わった感覚はなく、エミリアはホッとして片足、次にもう片足を浴槽の中に入れる。それからゆっくり身体全体をお湯に沈めた。

「エミリア？　どう？」

「きゃっ！」

お湯の温かさにほぅっと息を吐き、緊張感が解けたところで、突然アルベルトが扉を開けた。ビクッとして視線を上げたエミリアは、そこに立っていたアルベルトの姿を見て、再び悲鳴を上げる。

「ひゃっ！　アル！　な、何で裸——っ」

エミリアは慌てて顔を両手で覆《おお》い、視界を遮《さえぎ》る。

「ん？　僕も入るから」

「え⁉　様子を見るだけじゃ……」

すぐにシャワーの音が響いてきて、アルベルトが本気で一緒に入ろうとしているのだと理解出来た。見られるだけでも恥ずかしいのに、一緒に入るなんて……

しかし、アルベルトはエミリアの羞恥《しゅうち》などお構いなしに、彼女の後ろから浴槽へ入ってきた。

チャプン、と音がしてお湯が波打つ。肩越しに腕が回されて、抱きしめられた。

「――ッ！」

その瞬間、アルベルトが触れたところから電流が走る。エミリアは声にならない悲鳴を上げ、彼の腕を掴んだ。

「あ……アル、ちょっと……く、くっつきすぎ……だよ……」

「そう？　でも、くっつかないと入れないんだ。我慢して？」

アルベルトは「ごめんね」と言いつつ、一層身体を寄せてくる。

「うーん、肌が少しピリピリするね。エミリア、痛くない？」

「ひゃあっ」

お湯の中で、アルベルトに腕をつぅっとなぞられ、エミリアの身体がビクビク反応する。

「ま、待って、アル。これっ、また、変な薬……ッ、作って……あっ」

身体の火照《ほて》り方が、お風呂に入っているときのそれとは違う。アルベルトと触れ合っている場所が、じりじりと熱を帯びていた。

このままでは、前の飲み薬の二の舞ではなかろうか。

「変って……また副作用？　どういう症状が出ている？」

アルベルトの手が、更にエミリアの肌を伝う。手の甲から肘《ひじ》、肩へ、そうやって身体の線を腰のくびれまでなぞった後、お腹を撫《な》でた。

その感触がエミリアの身体の奥へ奥へと流れて、下腹部が熱くなる。

「ぁ、ふ……アル、触り方が……んっ」

エミリアは身体が跳ねる度に小さく声を漏《も》らした。自分では抑えているつもりでも、浴室という場所では大きく響き、いやらしく聞こえてしまう。

「痛いの？」

「あっ……そうじゃ、ん……っ、なくて……あ、アル……んんぅ……や、だめ！」

アルベルトの手が胸の膨らみを包み込み、エミリアは抵抗する。

「薬の効果を、調べるなら……は、あっ……真面目に、ん、やらないと……！」

「うん、ちゃんと調べているよ……とても、よく効いているみたい」

よく効いていると言うが、これは以前の薬と同じ効き方だ。それも肌から直接吸収しているせいか、この前のものより刺激が強いように感じる。

「僕も気持ちいい、かも……すごい……」

「ア、アル？」

何だかアルベルトの喋《しゃべ》り方がゆっくりになった気がして、エミリアは首をひねって彼を振り返った。

すると、アルベルトは「うん？」と首を傾げてエミリアを見つめる。

彼の瞳は熱っぽく、肌も火照《ほて》ってほんのり色付いていた。濡《ぬ》れてしっとりと肌にくっつく髪や、肌を滑《すべ》る雫《しずく》が、彼の色香を増していた。

ドキンと、エミリアの胸が大きく音を立てる。

「ふふ、ドキドキしているね……ここ」

心臓の辺りに手を添えたアルベルトが、エミリアの鼓動に微笑む。

「キス、したいなぁ」

甘えを含んだ声にドギマギして、エミリアは頬を染めた。

アルベルトの様子がおかしい——そう考えて、今更ながら彼も〝惚れ薬〟の入ったお湯に浸《つ》かっているということに気がつく。また、あることに思い至ってハッとした。

そもそも恋人関係にない二人が、一緒にお風呂に入るシチュエーションなどありえない。

この試薬は、前提から破綻《はたん》しているではないか！

「アル……ちょ、ちょっと、もう出よう？　これじゃあ、のぼせちゃう」

「だーめ。この薬、よく効いているでしょう？　……エミリアのこと、もっともっと好きになっちゃったみたいだ……ねぇ、エミリア」

チャプンとお湯が揺れ、彼の濡《ぬ》れた手がエミリアの頬に添えられる。

「キス、してよ……お願い……」

お願いと言いつつも、すでにアルベルトはエミリアとの距離を縮めていて、すぐに二人の唇が重なった。恥ずかしさに気を取られて、彼を止める暇もなかった。

「ン……ふ、んんっ」

片方の手は乳房に触れたまま、アルベルトは唇を啄《ついば》む。軽い口付けを交わしてすぐに舌が入ってきて、深く交わる。

「あっ、ん、んぅ……」

胸の先端を摘《つま》まれて漏《も》れる声も呑み込まれてしまう。貪《むさぼ》るような激しいキスだった。

「……っ、アル！」

浴室の熱気とアルベルトの舌の熱さ、それに胸の先端でじわじわと生まれる熱。すべてにくらくらする。

「は……ッ」

「……どうしよ……好きって思ったら、したくなっちゃった……ちょっと強く作りすぎたかな……」

唇が離れてすぐ、掠《かす》れた声で囁《ささや》かれる。同時にアルベルトに腰を引き寄せられ、エミリアは息を詰めた。

お尻に硬くて熱いものの感触がある。

「――っ!?　だ、だめ！　あっ」

ピン、と胸の蕾《つぼみ》を弾かれ、エミリアは背を反らした。アルベルトは首筋や肩にキスを落としつつ、両方の乳房を弄《もてあそ》ぶ。

彼が膨らみを揺らす度、お湯が揺れる。頂《いただき》を擦られたり摘《つま》まれたりして身体を捩《よじ》れば、ちゃぷっとお湯が跳ねる音が響いた。

「あ……あぁっ、やぁっ、アル」

普通にお風呂に入っていたら気にもならない音なのに、エミリアの声と一緒に響くと淫猥《いんわい》に思えてしまう。

「嫌……？　でも、硬くなって、声が気持ちよさそう。こっちも……」

「んっ！」

つぷりと、アルベルトの中指が泉に入り込む。

「ほら、とろっとしてる……これは、薬のせい？」

「あ、ああっ……だめ、だってば……はぅ……アル……」

アルベルトの指先が、泉の入り口だけを行き来した。

本当に薬の作用なのか、まだ愛撫《あいぶ》が始まって間もないのに蜜が溢れてくる。

第一関節まで埋めては抜かれることを繰り返されて、お湯が入りそうな感覚と、彼の柔らかな指の腹の感触が交互にやってくる。

「は……あ、あぁ……」

入って来そうで、入ってこない……そんなもどかしさに、エミリアの腰が自然と動いた。そうすると、アルベルトの昂《たかぶ》りが彼女の肌に擦り付けられる。

「っ、エミリア、焦《じ》らしているの？」

「んんっ、そんな……あっ、あ……」

焦《じ》らしているのはアルベルトの方だ——そう言いそうになったところで、彼の指がずぷりと奥まで沈んだ。

待ち侘《わ》びた刺激に、エミリアの膣壁が蠢《うごめ》いてそれを締め付ける。

「すごい……中、触ってほしかった？」

「ん……っ、は……あ、あ、ぁん」

アルベルトの指先が巧みに動き、絶妙な力加減で奥を擦られた。火照《ほて》った身体とぼんやりした頭には、強すぎるほどの快感だ。

手のひらで秘芽を擦られ、中と外どちらからも刺激が生まれる。

まだ触れられて間もないのに、何も考えられなくなる……もっと奥に触れてほしくて、エミリアは無意識のうちに足を開いた。

すると、アルベルトが動きを止めてしまう。

「ん……自分だけ気持ちよくなって、ずるいな、エミリア……」

「ふぁ……ん、あ……」

アルベルトの指はエミリアの中に埋まったままで、彼女は腰をくねらせる。

「だーめ。僕も、して？」

「え、あっ」

アルベルトはクスッと笑って、エミリアの中から指を引き抜いた。そして、浮力を利用して軽々と彼女の身体を反転させる。

向かい合う姿勢をとらされてすぐ、彼女の片手は彼の昂《たかぶ》りへ導かれた。

乳白色のお湯の下は見えなかったけれど、手に伝わる熱量が生々しく、更に身体が火照《ほて》る。エミリアから彼に触れたことはあまりないため、恥ずかしさよりも困惑や緊張の方が大きい。

「や……で、出来な……あっ」

「……してほしい、な」

つぅっと秘所の割れ目をなぞりながら囁《ささや》かれ、エミリアはゴクリと唾を呑み込んだ。同時に、彼のものを掴む手に力が入ってしまう。

「……っ、は……」

アルベルトが微《かす》かに喘《あえ》ぎ、彼の指が再びエミリアの中へ沈められた。

「あぁっ」

エミリアは刺激にビクンと身体を跳ねさせる。絶頂が近づいた拍子に、彼から手を離してしまった。すると、今度はアルベルトも彼女の中から指を抜いてしまう。

「あ……アル……」

「ん？」

アルベルトはどうしたのかと言わんばかりに首を傾げた。彼の顔には、とても妖艶《ようえん》な微笑みが浮かんでいる。

彼の意図を察し、エミリアは視線を泳がせた。

「アル……その、あの……」

「……一緒に、してほしいな……ね？」

「――っ」

何て淫《みだ》らな誘惑なのだろう。

ぞわぞわっと鳥肌が立ったと思ったら、エミリアは暗示にかかったみたいに自然と彼に触れていた。

もう少しで達するところで放置された歯痒《はがゆ》さは、エミリアの羞恥《しゅうち》や葛藤なんてたやすく打ち砕いてしまったのだ。

「わかった……あの、するから……」

薬のせい――これは、副作用なのだ。アルベルトもこうなったからには、彼のことを満たしてあげなければいけない。エミリアだって、このまま焦れ続けていたらおかしくなってしまう。

内心でそんな言い訳をして、エミリアは熱塊に添えた手を動かし始めた。

「あ……気持ち、いい……エミリア」

ゆるゆると、硬く芯《しん》を持ったそれを扱《しご》く。

アルベルトは艶《つや》っぽい息を吐き出して、再び指をエミリアの泉の中へ沈めた。

「ああ……あ、あっ」

奥を刺激されると、意識がそちらに向いて手の動きが疎《おろそ》かになってしまう。

「エミリア……ダメだよ。ちゃんと、こっちもして？」

しかし、アルベルトはそれを許さないとばかりに、エミリアの手に自分の手を添え、一緒に動かした。

「ね、ここ……擦って……」

「んんっ、あ……」

先端のくぼみの辺りに触れさせながら、アルベルトがねだる。

エミリアは言われた通り、親指の先でそこを刺激した。どのくらいの力加減がよいのかわからなくて、朦朧《もうろう》としつつも彼の表情を窺《うかが》う。

アルベルトは気だるげにエミリアを見つめている。少し苦しげな表情をしていたけれど、視線が合うと目を細めて微笑み、エミリアの頬を撫《な》でてくれた。

「いやらしい顔も、可愛い……」

恍惚《こうこつ》の表情でそう言われ、エミリアの鼓動が加速する。アルベルトが気持ちよさそうにハッと吐息を零《こぼ》すのが、嬉しい。

その感情と呼応して、エミリアの中が蠢《うごめ》き、彼の長い指を締め付ける。そうすると指の動きが更に感じられて、快感が膨れ上がった。

「ああ……っ、アル……あ、あぁっ」

「エミリア、気持ちいい？」

呼吸が苦しいのに、もっと欲しい。

「うんっ……あ、アル、は？　あっ……き、気持ちいい？」

「気持ちいいよ」

エミリアの愛撫《あいぶ》は拙《つたな》いだろうに、アルベルトはそれでも気持ちいいと言ってくれる。

きっと、エミリアの方が何倍も彼より気持ちよくなってしまっている。その証拠に、彼女の絶頂はすぐそこまで迫っていた。

「あぁっ、あぁあ……あッ、んぁ、はっ……アル、も……あぁっ」

アルベルトもそれがわかっているらしく、指を増やし、一層激しくエミリアの中を掻《か》き回す。また、もう片方の手で彼女の身体を引き寄せ、勃《た》ち上がって存在を主張する胸の頂《いただき》を口に含んだ。

「はあっ、あ、ひゃう……っ、んん、あ、あッ、あぁぁ――」

かぷっと、蕾《つぼみ》に軽く歯を立てられ、更に奥を突かれてエミリアは身体を痙攣《けいれん》させた。ピンと爪先が突っ張った後、へなへなと力が抜けてアルベルトの胸にもたれかかる。

「ふふ……エミリア、気持ちよくなっちゃったんだ。僕はまだなのに……ずるいね」

先に達してしまったエミリアを責めるようでいて、喜んでいるみたいな言い方だ。

「ぁ……ご、ごめ……なさ……」

いつのまにか彼への愛撫《あいぶ》どころではなくなってしまった。エミリアの手はアルベルトの昂《たかぶ》りから離れ、彼の身体に回っている。

「ん……いいよ……僕も気持ちよかったから」

「あ、でも……」

アルベルトはエミリアの頭の天辺《てっぺん》にキスを落とし、背中をそっと撫《な》でてくれる。

彼のものはまだ爆《は》ぜておらず、硬く勃《た》ち上がったまま……これでは、つらいだろう。

しかし、だからといって具体的にどうしたらいいのかわからず、エミリアは言葉が続かなかった。

いや、わからないわけではない。男性がどうしたら満たされるかについては、医学的にも知識があるし、アルベルトと肌を重ねているのだから身をもって知っている。

けれど、羞恥《しゅうち》もあって上手く考えが纏《まと》まらなかった。

「あの……えっと、ね……」

先ほどの続き――また手で扱《しご》く？　もしくは口で？

その様子も一緒に想像してしまい、エミリアは目を瞑《つぶ》って首を横に振った。淫《みだ》らな想像をした自分が恥ずかしい。

「エミリア？　今、何を考えている？」

まるで、エミリアの思考を読んでいるかのような質問だ。

「それは……その……わ、私だけじゃ、悪いから……」

自分だけではなく、アルベルトにも気持ちよくなってほしい。恥ずかしいけれど、それがエミリアの本音だ。

「……してくれるの？」

「えっ！　あ、でも……」

そうしたいという気持ちはある。だが、自《みず》ら申し出る勇気がない。

「エミリア」

すると、アルベルトがちゃぷっと音を立てて湯から出た。彼は浴槽の縁《ふち》に座り、エミリアの手をそっと引いて、昂《たかぶ》りに導く。

「――っ」

恥ずかしさを感じている一方で、彼の熱塊から目が離せない。

反り上がって大きくなったそれは、エミリアと触れ合って感じてくれた証拠だ。そう思ったら、エミリアの下腹部がキュンと疼《うず》いて泉から蜜が溢れた。

どうしたらいいのだろう。

アルベルトに気持ちよくなってほしいのは本当だ。けれど、エミリアは手や口での愛撫《あいぶ》をした経験がほとんどなくて、彼に感じてもらえるか不安である。また、自《みず》ら積極的に男性に……なんて、はしたなくはないだろうか。

「……ごめん、嫌、かな？」

羞恥《しゅうち》と欲の間で迷い、手が震えてしまう。緊張と興奮もある。

エミリアが葛藤しているうちに、アルベルトは彼女の様子を見て腰を浮かせた。嫌がっていると思ったようだ。

「あ……！」

違う。嫌じゃない――エミリアは、咄嗟《とっさ》に彼のものを口に含んだ。

「――っく、は……」

突然のことに、アルベルトは呻《うめ》いて再び腰を下ろす。

エミリア自身も自分の大胆さに驚いたが、今更引き返せない。それに、後で恥ずかしくなったとしても、入浴剤やアルベルトのせいに出来るかもという思いがあった。

そう開き直り、彼女は咥《くわ》えた先端を舌でなぞりつつ、上目遣いで夫を見た。

「ぁ……エミ、リア……不意打ち、だね……ッ」

アルベルトは眉根を寄せて、苦しそうに呻《うめ》く。エミリアの頭に添えられた手も震えて、下腹部に力が入っているのがわかった。

感じてくれている……？

「ん……」

エミリアが昂《たかぶ》りから唇を離すと、ちゅぷっと音がしてぞくぞくした。そのまま舌で裏筋をなぞって、根元から先端までを往復する。

何度かアルベルトに教えてもらったことを思い出しながら、丁寧な愛撫《あいぶ》を心がけた。

先端にはキスをして、くぼみは舌を尖《とが》らせてなぞって……芯《しん》をもった熱塊は舌全体を使って舐めてみる。先端の方をなぞるときは、根元を手で包み込み、出来るだけ一緒に愛撫《あいぶ》した。

「は……」

アルベルトは声を抑えようとしているようだが、呼吸をすると微《かす》かに声が漏《も》れて浴室に響く。彼が感じてくれている様子が嬉しくて、エミリアは再び熱塊を口に含んだ。

「――ッ」

「ん……ふ……んむ……」

太くて、熱い……奥まで咥《くわ》えているのに、すべてを呑み込めない。こんなに熱いものが、エミリアをいつも掻《か》き乱すのだ。

エミリアは頭を上下させ、昂《たかぶ》りを唇で扱《しご》く。うまく息が出来なくて唾液が零《こぼ》れてしまうが、それが潤滑剤となって動きをスムーズにした。

くちゅ、ちゅっと音が出るのも卑猥《ひわい》で、更に二人を興奮させる。

「エミリア……は……すぐ、出そ……だめだよ……」

アルベルトはそう言うと、エミリアの肩を押して引《ひ》き剥《は》がした。そして、腕を引いて彼女を立たせる。

「はぁ……ちょっと、嬉しくて……ごめん、もっとしてほしいけど……もたない」

エミリアの身体を抱きしめ、胸に顔を寄せてアルベルトが呟く。

「で、も……まだ……」

アルベルトは達していない。すると、彼はふふっと笑って立ち上がり、エミリアと身体の位置を入れ替えて、彼女も立たせ壁へ手をつかせた。

「いいんだ……エミリアの中で、イきたい……」

後ろから、足の間に彼の昂《たかぶ》りが入り込む。エミリアも彼を受け入れる準備が出来ているため、腰を揺らされるとぬるぬると滑《すべ》る。

それをエミリアにも理解させるみたいに、アルベルトは指を彼女の秘所へ潜《もぐ》らせた。くちゅっといやらしい音を立てて、彼の長い指が奥まですんなり入る。

「エミリアも……僕のこと、欲しがってくれてる？」

「あ、待って……ここじゃ……のぼせちゃ……」

長くお湯に浸《つ》かっていたし、薬と淫《みだ》らな行為のせいでかなり興奮し、身体が熱い。これ以上触れ合ったら、意識が持たなそうだ。

エミリアの言うことをわかってくれたのか、アルベルトが指を抜く。ホッとしたのも束《つか》の間《ま》、代わりにもっと熱いものが宛がわれた。

「いいよ……ねぇ、僕に、のぼせてほしいな」

「あぁぁ――っ」

ずぷ、と……先端が埋まり、どんどん圧迫感が増す。彼が奥まで到達すると、エミリアは耐え切れず腰を震わせた。

挿入だけで、達してしまったのだ。

「あ……っ、あ、アル……」

「すごい……うねって、僕に絡み付いてくる……気持ちいい……」

きゅっと膣壁が収縮し、エミリアの中が蠢《うごめ》く。それがアルベルトにも伝わったらしく、彼も気持ちよさそうに上ずった声で呟いた。

ゆるゆると、緩慢《かんまん》な動きで熱塊が中を擦る。達したばかりのエミリアには刺激が強すぎて、意識が飛びそうだ。

「あっ、ああ……あ、はっ、アル、待って、やぁっ」

だが、アルベルトは抽送を止めないまま、エミリアの肌に手を這《は》わせる。ただ手のひらで撫《な》でられているだけなのに、入浴剤で敏感になった肌はビリビリと痺《しび》れた。

鳥肌が立ち、身体の奥に火がついたみたいに全身が熱い。

エミリアは浴室の壁に爪を立てんばかりにしがみつき、天井を仰いで悶《もだ》えた。

「あ、あぁん、はぁっ……あっ、待って、だめ、あ……」

待ってとは言ったものの、すでに快楽の波に攫《さら》われてしまったエミリアの身体は、それに逆らえない。

感じたことがないくらい強い刺激を恐れつつも、その先を見たい気持ちが迫ってきて、自然と腰が揺れた。

「ん……エミリア、まだ、だめ。一緒がいいから……」

「や、そんな……あぁっ、無理、だよぉ」

もう、ここまで来たらいっそ一気に上り詰めたい。

すると、ふいにアルベルトが息を詰め、動きを止めてしまう。

「あ……」

すぐそこまで迫っていた絶頂が遠のいて、エミリアは身体を震わせた。

アルベルトはエミリアの熱が引くのを待とうとしているのか、熱塊を沈めたまま彼女を強く抱きしめる。

「や……アル……う、あ……」

動いて、と言いそうになった。

「ん……」

アルベルトはエミリアの頬や耳、首筋、肩とキスを落とす。慈《いつく》しむような行為は嬉しいけれど、じれったくてもやもやした気持ちになる。

エミリアはこの歯痒《はがゆ》さをどうにかしてほしくて、首を捻《ひね》って彼を見つめた。

「なぁに……？　ちゃんと、してほしいことを言って？」

アルベルトは自分も苦しそうなのに、譲《ゆず》ってくれそうにない。

「薬……効きすぎちゃって、つらいんでしょう？」

「あ……」

これは、薬の効果なのだろうか……？

アルベルトと身体を繋げること――彼を一番近くで感じられるのは、エミリアにとって幸せなことだ。恥ずかしさはあるが、行為自体を望んでいないわけではない。

いくら薬の影響があるといっても、嫌だったら拒《こば》めるくらいには、きちんと意識もある。

「く、すりの……せいじゃ、ない……よ……」

こんな状態で言っても、説得力がないかもしれない。けれど、エミリアはアルベルトでなければ欲しいと思わない。それをちゃんと伝えたかった。

アルベルトは驚いた様子で目を見張っている。だが、すぐに嬉しそうに目を細め、エミリアの頭にキスを落とした。

「だ、から……お願い、アル……」

「うん……何？」

アルベルトはエミリアと視線を合わせ、問う。

ああ、彼は自分に言わせたいのだ。ようやくそのことに気づいたエミリアは、アルベルトを真っ直ぐ見られなくなって、ぎゅっと目を瞑《つぶ》った。

恥ずかしい……でも。

「……っ、もっと、して……動いてほしいの」

震える唇から、やっとのことで言葉を押し出す。

「いいよ。でも、一緒に……だよ？」

「んっ、あ、あっ」

色っぽくねだられてエミリアが頷いたのと同時に、アルベルトが腰を揺らし始める。エミリアの中をじっくり堪能するような動きから、少しずつ速くなっていく。

「あっ、ああっ、は……あ、んんっ」

ぐちゅ、ちゅくっという水音と、肌を打ち付ける音が大きく聞こえる。浴室だからという理由もあるが、いつもより興奮しているせいで、二人が繋がっている部分はしとどに濡《ぬ》れてしまっていた。

蕩《とろ》けきった中を、太くて硬い昂《たかぶ》りが押し広げる。グッと腰を押し付けられて奥を穿《うが》たれ、痛いほどの快感に眩暈《めまい》がした。

「ああ、あっ、は……もう、だめ……」

一緒に……と、望むのはエミリアだって同じ。だが、そんな心など無視して、身体だけが絶頂への道を先走っていく。

すでに羞恥心《しゅうちしん》なんてどこかへ行ってしまった。

エミリアはアルベルトに合わせて自《みずか》らも腰を振り、快感を貪《むさぼ》った。

「や、いやっ……あ、あっ、ああ……」

「エミリア、いいよ……僕もっ……」

エミリアの限界を察したアルベルトは、彼女の耳元で囁《ささや》き、両手を乳房と足の付け根に滑《すべ》らせる。

真っ赤になって主張する胸の頂《いただき》と花芯を摘《つま》まれ、エミリアは一気に絶頂へ押し上げられた。

「あ、あっ、ああ――ッ」

「うっ、あ……っ、は……」

アルベルトも同時に達し、限界まで膨らんだ彼の昂《たかぶ》りがエミリアの中で弾けた。じわりと熱が伝わってきて、エミリアもまた震える。

ビクビクと身体が痙攣《けいれん》して、言うことをきかない。

「あ……く、ごめ……エミリア……」

アルベルトも珍しく体力を使い果たしたようで、エミリアの身体を支えきれず、二人はずるずるとお湯の中に座り込んだ。

アルベルトでさえこの状態なのだ。エミリアの体力も限界で、行為の余韻《よいん》に浸《ひた》る余力もない。

「エミリア……！」

彼女の身体がぐったりとお湯の中に沈み込みそうになって、アルベルトは慌てて彼女の身体を引き寄せる。

しかし、エミリアはもう意識が保てず、彼の胸に頭を預けて目を閉じた。

＊＊＊

翌日。

あの後エミリアが逆上《のぼ》せてしまったことについては反省してくれたアルベルトだが、相変わらず研究は続けるらしい。彼女のため息の回数は増える一方だ。

「今日は患者さん少ないなぁ」

午後の早い時間にすべての患者さんの診察と薬の処方が終わり、エミリアは一人呟く。彼女のため息の原因は、いつもと様子の違う診療所にもある。

通常なら、休診日の翌日というのは、前日に来られなかった患者さんも来るので、少々混雑するものだった。

休診日の翌日にこれだけ患者さんが少ないのは、引っ越してきたばかりの頃以来だ。あの頃は、まだ診療所が開いたことも広まっていなかったし、アルベルトの人柄を知らない人ばかりだったから仕方ない。

しかし、今はラーゴに診療所があることは周知の事実だ。実際に患者さんも増えた。

エミリアは、何となく不安になって診療所の外へ出る。少しの間そこで待ってみるが、誰かが来る気配はなさそうだ。

ここのところ、患者さんが多かったから気になるだけだろうか。

先日、ジータが診療所内で縁起《えんぎ》の悪い発言をしたことを思い出して、心配になる。

（でも、病気や怪我をした患者さんが少ないのはいいことだし……）

エミリアはため息をついて診療所に戻り、扉を閉めて診察室へ向かった。

「あれ、エミリア？　今日はもう終わり？」

「あ、うん……」

エミリアが一人で戻ってきたため、アルベルトが不思議そうな顔で問う。そんな彼に、エミリアは取り繕《つくろ》うように言葉を続けた。

「でも、まだ閉めるまでは時間があるから、誰か来るかもしれないよ」

ちょうど患者さんが途切れた可能性もある。アルベルトも「そうだね」と軽く返事をした。

しかし、どんなに待っても患者さんは来ない。

「エミリア。そんな暗い顔しないで。最近は気温も安定してきたし、皆体調がいいのかもしれない。いい傾向だよ」

「うん……そうだといいけど……」

ずっとそわそわしているエミリアを気遣って、アルベルトはそう言いながら彼女の背を撫《な》でてくれた。

「今日は早く閉めようか。僕たちも、休めるときに休もうよ」

「うん、そうだね……あ、それなら市場に行ってくるよ。早く行けば、まだ魚が残っているかも」

食材は、休診日にまとめ買いをしたり、余裕があればお昼の休憩時間に市場で調達したりするようにしていた。よく食べる魚は冷凍保存をしているものもあるが、出来るだけ新鮮なものを食べたくて、市場に行けるときは当日に買う。

市場の魚屋さんは、毎日採《と》れたての魚を売るため、数が限られている。その日の収穫が少ないと、診療所が終わる頃にはなくなってしまうこともあった。

「そう？　じゃあ僕が片付けをやるよ。新鮮な魚、食べたいしね」

アルベルトも魚料理を好んでいる。嬉しそうな彼を見て、エミリアはクスリと笑いを零《こぼ》す。

「ありがとう。それじゃ、よろしくね。すぐに戻ってくるから」

エミリアは一度二階へ上がり、買い物籠《かご》を持って下りてきてから外へ出た。

市場の入り口を抜け、一直線に魚屋へ向かう。診療所にも来たことのあるイラーリオのお店だ。

「こんにちは。まだ残っていますか？」

「ああ、エミリア先生。今日は早いね」

「はい。今日は患者さんが少なくて……早めに切り上げたんです」

「そうか。最近は暖かくなったからなぁ、皆元気そうだ。ほら、魚もまだあるよ。残っているのはちょっと小さいけどねぇ」

小さいと言いつつも、魔法で作った氷の上には肉付きがよく、艶《つや》のある魚が並んでいる。

「もう最後だし、安くするよ?」

「本当ですか? じゃあ……これと、これ……」

「はいよ。じゃあ、これね!」

エミリアはイラーリオが包んでくれたものを受け取って、お金を渡した。

「毎度あり!」

「ありがとうございます」

いい買い物が出来た。

夕食は魚を焼いて、残っている野菜を使ったスープを作り、パスタを茹《ゆ》でればいいだろう。それから、明日の朝はパンと……

(卵がないかな)

そう思い出し、包みを買い物籠《かご》に入れたエミリアは、何軒か先のお店へ向かう。

「こんにちは」

「あ、ああ……エミリア先生、こんにちは」

店番をしていた奥さんは、エミリアを見て少し驚いた様子だ。こんな早い時間に市場へやってくるのは、休診日のときくらいだから珍しかったのかもしれない。

「卵、四つください」

「はい。じゃあ、これね」

奥さんが卵を四つ、割れないよう包んで袋に入れてくれる。

「ありがとうございます。あ……そういえば、この前差し上げたハンドクリームはいかがでしたか？　まだあります？」

しばらく前に、彼女が風邪気味だと診療所を訪れた際、手荒れも気にしていたため、お裾分けしたのだ。

毎日使っていると、すぐになくなってしまうかと思って聞いたのだが……

「ああ……うん、まぁ……ね」

彼女の反応があまりよくなくて、エミリアは心配になる。

「もしかして、お肌に合いませんでしたか？　あの、よかったら、手の状態を少し見ますよ」

エミリアが手を伸ばそうとすると、彼女はビクッとして自身の手を引っ込めた。

「いや、大丈夫……よく効いたから、もう治ったよ」

「……そうですか？　でも、続けて使った方が――」

「う、うん。また……時間が出来たら診療所へ行くわ」

奥さんは、困り顔で笑う。

「ごめんね、エミリア先生。今日はもうお終《しま》いだから。主人と養鶏場へ行かないと」

彼女は続けてそう言うと、そそくさと片付けを始めてしまう。

エミリアは彼女の態度に違和感を覚えつつも、あまりしつこく勧めるのもよくないと思い、軽く頭を下げた。

「わかりました。用意しておくので、いつでもいらしてくださいね」

そうしてエミリアが帰ろうとしたところ、奥さんがほぅっと安心した様子で息を吐き出す。

エミリアはやっぱり何か変だと思ったけれど、理由を聞ける雰囲気でもない。そのまま家路についた。

やっぱり、クリームが合わなかったのだろうか。でも、アレルギー検査はクリームを渡す前に済んでいる。

それとも、何か気に障《さわ》ることでも言ってしまったのか。いや、先日会ったときの彼女の様子は普通だったし、今の短いやりとりで何かあったとも考えられない。

「こんにちは」

「こんにちは、エミリア先生」

ぼんやり考えつつも、すれ違う顔見知りの人々と挨拶《あいさつ》を交わしながら歩いた。夕方の市場は夕食前の買い物客で賑わうので、知り合いにもたくさん会う。

「こんにちは」

「……あ、こんにちは」

しかし、何人かとすれ違って、彼らがエミリアを見て一様に驚きの表情を浮かべるのに気づいた。

さすがにこれはおかしい。もしかして診療所に来る人が減ったのは、エミリアのせいではないだろうか……？

そう考えると、原因は一つしか思いつかない。

ジータが薬のことを聞きに来た日だ。エミリアの対応がよくなかったせいで、診療所が不穏な雰囲気になった。

あの日、診察を受けた患者さんたちは、それを気にしてアルベルトにいろいろ聞いていた。彼がうまく説明してくれたので、問題はないはずだと軽く考えてしまったけれど……

人間は「死」という単語に敏感だ。特に体調を崩して診療所を訪れる人は、たとえ症状が軽くとも不安になる。

そこに、死ぬかもしれない薬が……という話が聞こえてくれば、気になるのは当たり前だ。元々弱気になっているところに、そんな縁起《えんぎ》でもない話を聞いたら、誰だって怖いだろう。

人々を安心させなければならないクラドールが、逆に彼らを動揺させてしまうなんて……

エミリアは自分の失態を心の中で責めつつ、足取りも重く家路を進む。

「あ、エミリア、おかえり」

「ただいま……」

「どうしたの？　真っ青な顔して、何かあった？」

落ち込んだ様子で帰ってきたエミリアに、アルベルトが声をかける。エミリアは力なく「うん」と頷き、買い物籠《かご》をテーブルに置いた。

「それがね……市場で気になることがあって……」

そして、アルベルトに先ほどの市場での出来事を伝える。

卵屋の奥さんの様子がおかしかったこと、挨拶《あいさつ》を交わした人々のよそよそしい態度。そして、それがおそらく先日のジータとのやりとりのせいだと思っていること。

「そっか。確かに、あの日は皆ちょっと不安そうだったよね」

アルベルトは顎《あご》に手を当てて頷く。それから、エミリアを慰《なぐさ》めるように穏やかに言った。

「大丈夫だよ。処方している薬はすべてクラドール協会の認めたものだし、体調が悪くなったっていう話も聞かない」

「でも……私が……」

「エミリアのせいじゃないよ。ジータ様も必死だったから、そこまで考えが及ばなかったんだろうし」

アルベルトはエミリアの身体を引き寄せて抱きしめた。ポンポン、と背中を優しく叩かれ、慰《なぐさ》められる。

「もしかしたらそれは全然関係なくて、卵屋の奥さんは、たまたま機嫌があまりよくなかったっていう可能性もあるよ。診療所の患者さんが少なかったこともあったし、ちょっと他の人の挨拶《あいさつ》のトーンにも敏感になっちゃっただけかもしれないでしょう？」

エミリアは「うん」と相槌《あいづち》を打ちつつ、アルベルトの話を聞いていた。

確かに悪いことがあると、気持ちが落ち込んでしまって考えも後ろ向きになりがちだ。本当に、アルベルトの言うようにエミリアの思い過ごしだといい。

「もし、本当に惚れ薬が原因だったとしても、噂《うわさ》は所詮噂《うわさ》。すぐにほとぼりが冷めるよ。ほら、夕飯を作ろう？　僕、お腹空《す》いちゃった」

アルベルトは軽く笑い飛ばし、エミリアを促《うなが》してキッチンに立った。

彼は気にするなと言ってくれたが、彼女の不安は燻《くすぶ》ったまま。

エミリアはそれを振り切ろうと頬を強めに叩いて、夕食の準備に取りかかった。

＊＊＊

ところが、次の日もその次の日もこんな状態が続いた。三日目の今日は、とうとう朝に一人しか診察に来なかった。まだお昼前なのに、診療所は空《から》っぽだ。エミリアの不安がどんどん大きくなる。

「エミリア、そんな暗い顔しないで」

「うん……」

アルベルトがエミリアを抱きしめる。彼の体温を感じると、少しだけ安心するものの、やはり完全に不安を拭《ぬぐ》うことは出来ない。

「もしかしたら、惚れ薬を作っているって正直に言った方がよかったかもしれないな」

アルベルトは珍しくため息をついて呟く。

「守秘義務もあるけれど、言葉を濁《にご》したせいで、命の危険がある薬を作っていると誤解されたのかな」

そう言い、エミリアの背を撫《な》でてくれる。

「ごめんね。でも、エミリアが気に病《や》むことではないから、元気を出してほしいんだ」

「だけど……診療所のことだけじゃないの。市場でもこの前、卵屋の奥さんの様子がぎこちなかったって言ったでしょう？」

「うん、それは聞いたよ。でも、それは――」

「やっぱり、気のせいじゃないみたいなの」

エミリアはアルベルトの言葉を遮《さえぎ》って、話し始めた。

「昨日は、イラーリオさんも私を見て……怖がっていたっていうか……」

エミリアを見た途端、頬を引き攣《つ》らせて視線を逸らしたのだ。魚とお金の受け渡しのときは特に顔を強張らせて、手を震わせていた。

市場を歩いていても、挨拶《あいさつ》をしてくれない人が増え、エミリアの疎外感《そがいかん》は日に日に募るばかり。

「そっか……きっと、診療所のよくない噂《うわさ》が流れているんだね。つらい思いをさせてごめん、エミリア」

「アルのせいじゃないよ。でも、どうしよう？　もし、このままの状態が続くことになったら……」

せっかくラーゴの町に馴染《なじ》めてきたと思っていたのに、台無しだ。

エミリアは涙目でアルベルトを見上げる。

「そんなことにはならないよ。僕が何とかするから、大丈夫。エミリアは心配しないで」

彼はそう言うと、少し屈《かが》んでエミリアの額《ひたい》にキスをした。

「今日は、薬の調合をして患者さんを待とう。何もしないと悪い方へ考えちゃうよ」

「うん……」

「実はね、惚れ薬に使う花を育ててみたんだ」

アルベルトは片目を瞑《つぶ》って、得意げに言う。それから軽い足取りで研究室へ入り、植木鉢を持って戻ってきた。

その鉢には、小さな濃い桃色の花が咲いている。

「古典的だけど、やっぱりこの愛の花の蜜が恋心に効くかなって思って」

「え……？　ア、アル……」

彼の気遣いにほんの少し気が楽になったと思った矢先のことに、エミリアは項垂《うなだ》れた。

その惚れ薬のせいで診療所が空《から》っぽだというのに、暢気《のんき》に新しい惚れ薬を調合するつもりなのか。

それも、花まで栽培していたなんて……

「アル……！　私は、真剣に――」

「そんなに怒らないで、エミリア。僕だって半信半疑なんだよ。なんたって、この花はクラドール養成学校で流行《はや》っている惚れ薬だからね」

そう言われてよく見ると、確かにその花には見覚えがあった。一部の女子生徒の間で流行《はや》っていた愛の花と言われる植物だ。

温度管理が難しく、薬草栽培の魔法を使えない一般の人には育てにくい。しかし、病気には比較的強いため、養成学校では薬草栽培の基礎を学ぶのによく使われる。

エミリアが学生の頃も、生徒たちの恋の話と共に惚れ薬の噂《うわさ》があったものだ。学生は、自分たちが授業で仕入れた知識と、学校の施設を自由に使える特権を利用して、愛の花を利用した惚れ薬を調合していた。

花の蜜は食用としても使われる害のないものなので、教師たちも特別厳しい制限を設《もう》けることはしなかった。そのため、惚れ薬の調合方法は生徒の中では有名だったのだ。

しかし、単にこの花の名からそういう噂《うわさ》が広まっただけで、きちんと効能が証明されたわけではない。

それでも多くの生徒が試すのは、成功例が多々あるからだ。実際は、偶然相手と両想いだっただけだし、学校内の狭い社会ではそういう確率も高くなるというもの。

甘い香りがすることも、それっぽいと思わせる一因かもしれない。

「でも、これこそ〝思い込み〟に利用出来ると思わない？　たとえば、処方するときにクラドール養成学校では有名な薬で、効果は抜群だと説明する。カップル成立率は九十パーセント、とか……」

「きゅ、九十……？」

「百だと嘘っぽいし、低すぎても試したくならないし、どう？」

「ええ？」

エミリアが疑いに目を眇《すが》めると、アルベルトは「ちょっと大げさに言う方がいいでしょう？」と笑う。たぶん、エミリアの気を逸らすためにこうやって軽口を叩いてくれているのだろう。

「土と水にこだわって、栽培魔法もこまめに調節してみたんだ。そうしたら、花が赤みを増して、甘い香りもほら」

確かに普通は薄い桃色の花は、赤に近い色になっているし、香りも甘みが強い。

しかし、この惚れ薬の効能には学校という環境が大きく影響している。しかも、対象はジータではなく彼女の相手だ。

「だからって、嘘はよくないよ」

「それは心苦しいけど、ジータ様を満足させるっていうことが一番なのかなって思って」

「そうかもしれないけど……でも、ジータ様の相手はクラドールなんだよ？　惚れ薬の噂《うわさ》だって知っているに決まってる」

エミリアが半《なか》ば呆れてアルベルトの熱弁を否定すると、彼は一瞬動きを止めて、真剣な顔になった。

「それ、本当？」

「え？」

「ジータ様の想い人がクラドールだって」

かなり軽い口調だったアルベルトが、トーンを落とす。

「う、うん。この前、湖で会ったときにそう言ってたよ」

何か変なことを口にしただろうか。エミリアはドキリとして頷いた。

「そっか……だから……やっぱり……」

「アル？」

アルベルトは鉢植えを受付のカウンターに置き、何かを考えているのかぶつぶつと呟く。エミリアが呼びかけても、反応がない。

「アル、どうしたの？」

「ああ……ごめんね、エミリア。思っていたより状況が――」

アルベルトがやや狼狽《ろうばい》した様子で口を開いた、そのとき。

「やっぱり、変なものを作っているんだな！」

ガン、と診療所のドアが乱暴に開かれ、怒鳴り声が響いた。エミリアは驚いてアルベルトにしがみつく。

振り返ると、顔を真っ赤にした年配の男性が仁王《におう》立《だ》ちでエミリアを睨《にら》んでいた。スコット家の当主でジータの父親、オスカルだ。彼の後ろには以前、ジータにハーブを届けたときに会ったスコット家の執事カルロもいる。

オスカルはひどく憤慨《ふんがい》した様子で肩を震わせ、エミリアに向けて持っていた杖を振り回す。

「この魔女め！　のうのうとラーゴに住み着きおって、許さん！　今すぐ出て行け！」

どうやら怒りの矛先《ほこさき》はエミリアのようだ。しかし、エミリアは一体なぜオスカルが怒っているのかもわからないし、突然「魔女」と叫ばれたことに戸惑って言葉が出ない。杖を向けられた恐怖もあり、エミリアは泣きそうな気持ちで、手足をカタカタと震わせる。

「お待ちください。一体、何の話です？」

アルベルトが冷静に問うと、カルロが静かに一歩前へ出て、深くお辞儀をした。

「突然の訪問、申し訳ございません。実は、ジータ様がエミリア先生にいただいたハーブティーを飲んで体調を崩されまして……オスカル様が、ハーブに何か毒や変な薬が入っていたのではないかと……」

淡々と状況を説明するカルロ。エミリアは驚愕に目を見開いて、思わず大声を出した。

「そんな……毒なんて入れていません！」

「とぼけるな！　お前がジータと薬の話をしていたという住人の証言もある。聞けば、生死に関わる薬だというじゃないか！　それに、お前がしつこくジータにハーブティーを勧めたのも知っているんだぞ！」

かなり話が歪曲《わいきょく》されていて、エミリアは愕然《がくぜん》とした。薬の件で噂《うわさ》になっていると予想はしていたが、まさかこんな悪評が膨れ上がっていたなんて……

「ミスター・スコット。落ち着いてください。いろいろと誤解があるようですが、薬の件は、ジータ様からのご依頼で製作を試《こころ》みているところです。ハーブティーを勧めたのは確かにエミリアですが、それはジータ様の体調があまりよくなさそうだったからで……」

「しかし、畏《おそ》れながら、エミリア先生からいただいたハーブティーでジータ様が体調を崩されたのは事実でございます。この件については、どうお考えで？」

アルベルトが弁解するものの、カルロは落ち着いた表情でしっかりと反論した。

だが、何と言われようとエミリアは毒など混ぜていない。ハーブティーは本当によく効くもので、ジータが元気になるようにと願って届けたものだ。

しかし、それを証明するためには……

「な、何か違う原因があるはずです。ジータ様はお屋敷にいらっしゃいますか？　今すぐ診察を――」

「ふざけるな！　魔女なんぞに診察されてたまるか。今度こそ呪い殺されかねん。善良なクラドールを装《よそお》って変な植物や薬を広めおって……その変な花も呪いに使うつもりだったんだろう！」

エミリアが必死に言うものの、オスカルの興奮は収まらない。

「こんなものをラーゴに持ち込みおって！」

オスカルはカウンターに置いてある鉢植えを指差し、呪文を唱えた。

ガシャンと大きな音を立てて、鉢植えが床に落ちる。

「きゃっ」

「エミリア！　大丈夫？」

咄嗟《とっさ》にエミリアの手を引いてくれたアルベルトのおかげで、散らばった破片《はへん》で怪我をすることはなかったが、鉢植えは無残に粉々だ。土が零《こぼ》れ、花も魔法のせいで折れてしなびてしまっている。

アルベルトは深く息を吸い込み、吐き出すと再びオスカルに向き直った。

「この花はそのまま市場に出回ることは稀《まれ》ですが、蜜が食用に加工される愛の花というものです。決して害のあるものではありません」

「嘘をつけ！　こんな変な赤色をした花は見たことがないぞ！」

元々一般の目に触れることの少ない花だ。見慣れない上に色が珍しいとなれば、にわかには信じられないのかもしれない。

オスカルはエミリアを魔女だと思い込んでいるようだし、尚更疑わしいのだろう。

「それは、成分が濃く抽出出来るよう改良したからで――」

「ほら見ろ！　改良だと？　変な呪いをかけたに違いない！　お前のせいで、ジータは一晩中熱にうなされていたんだぞ。お前のような偽クラドールに騙《だま》されて、可哀想に……」

オスカルは額《ひたい》に手を当てて嘆き、再びエミリアを睨《にら》みつけた。

「忌々《いまいま》しい魔女め！　出て行け！　今すぐこの町から出て行くんだ！」

オスカルが再び杖を振り回し、エミリアたちを追い払おうとする。

「待って！　やめてください。何か誤解があるんです」

エミリアは振り回される杖に慄《おのの》きつつも、オスカルを説得しようと両手を突き出して前へ出た。

「誤解などないわ！　その手の黒子《ほくろ》も魔女の証《あかし》だ。髪の毛も目も青くて、こんな縁起《えんぎ》の悪い湖の近くに住もうなどと、偶然ではありえんぞ！」

けれど、オスカルはエミリアの外見が言い伝えの魔女に似ていることや、彼女が湖の近くに引っ越してきたことまで引き合いに出し、拒絶する。

「そんな！　違います。お願いします。とにかく、話を聞いてくださ――」

しかし、彼は更に恐怖の表情を浮かべ、杖を突き出した。

「よ、寄るな！　呪われる！」

その拍子に、杖が彼の手から滑《すべ》ってエミリア目がけて飛んでくる。

「きゃっ!?」

「エミリア――っ」

エミリアは両手で顔を庇《かば》い、目を閉じる。しかし、杖がぶつかる痛みは訪れず、代わりにアルベルトの呻《うめ》き声と、杖が床に落ちる音が聞こえた。

「アル！」

目を開けば、アルベルトがエミリアを庇《かば》って前に立っていた。

彼が、エミリアの代わりに杖の直撃を受けたのだ。

「アル！　大丈夫？　怪我は……っ」

慌ててアルベルトの前に回り込み、彼が押さえている右腕を見る。真っ赤に腫《は》れてしまった部分に手を当てて水魔法で冷やすと同時に、炎症を抑える魔法を使った。

「オスカル様、少し落ち着かれてくださいませ。暴力はいけません」

さすがに行きすぎた行動だと思ったのか、カルロもオスカルに近づき、彼を宥《なだ》める。

「落ち着いてなど――」

そのとき、オスカルの声を遮《さえぎ》るように誰かの声が聞こえてきた。

「すみません。お邪魔しますよ。クラドール協会監査部門、ロレンツォ・アバティーノと申します」

緊迫した空気を破って診療所に入ってきたのは、ロレンツォだった。彼の後ろには助手なのか、男性が立っている。

ロレンツォは、高級そうなシャツにクラバットを巻き、長めのジャケットを着ている。クラドール養成学校で教師をしていた頃とは違う、紳士的な服装だ。

彼は人差し指を口元に当て、エミリアとアルベルトに向かって片目を瞑《つぶ》ってみせたが、オスカル

とカルロが振り返ると笑みを引っ込めた。

「クラドール協会だと？」

「はい。ファネリ診療所の薬品について、違反報告がありまして事実確認に参りました。君たちがこの診療所のクラドール、アルベルトとエミリアかな？」

オスカルの怪訝《けげん》そうな声に頷いた後、ロレンツォは奥に立ち尽くすエミリアとアルベルトに視線を投げかけてきた。

「ええ」

「は、はい……」

二人は、先ほどの彼の視線の意を汲《く》み、簡潔に返事をする。

「クラドール協会の監査など役に立たん！　この女はクラドールでも人間でもない、魔女なんだからな！」

「まぁ、落ち着いてください。ええと……貴方《あなた》は？」

ロレンツォにも掴みかからんばかりの勢いで怒鳴り散らすオスカルに、彼は穏やかな笑みを向けた。

「一体、何があったのですか？　鉢植えも割れてしまって……」

「申し訳ございません。主《あるじ》は少々気が動転していらっしゃいます。私からご説明いたしましょう」

カルロがオスカルの前へ出てロレンツォと向き合う。そして、自己紹介をした後、オスカルが診療所へ来た理由と今までの経緯を述べ、再び一歩下がってオスカルの後ろへ控えた。

すると、ロレンツォが頷いて口を開く。

「なるほど。事情は承知しました。一点だけ、ここで私が証明出来ることは、この花が呪いの花ではないことですね」

「何だと？」

自分の意見を否定されて、オスカルが嫌そうな顔でロレンツォを見る。それを受けて、ロレンツォは後ろの男性に何かを囁《ささや》いた。

男性は微《かす》かに頷くと、割れた鉢植えに近づき、花を手に取る。それから呪文を唱え、手のひらに花の蜜を採取した。

「こちらを」

それをオスカルへ差し出したところ、彼はひぃっと声を上げて後ずさる。しかし、カルロは冷静にその蜜を観察し、鼻を近づけて匂いを嗅《か》いだ。それから指ですくって舐める。

「確かに、こちらは食用の花蜜ですね」

カルロが頷いたところで、ロレンツォも同様に頷く。

「ええ。市場には加工されてから出回りますし、色も普通は薄い桃色ですので、驚かれるのも無理はありません」

そう言うと、ロレンツォは鉢植えに近づいてしゃがみ込み、土を手にとって観察し始める。

「なるほど。この土は随分栄養価の高いもののようですね。アルベルト・ファネリは前職が薬品開発ですし、これだけの効能を引き出す技術は十分にあるでしょう」

ロレンツォの言葉に、オスカルはぐぅっと唸《うな》り、黙り込む。エミリアは何とか彼が鎮まってくれたことにホッと息を吐き出した。

しかし、問題はまだ解決していない。

ロレンツォは、ファネリ診療所の違反報告を受けたと言った。

人々が診療所に寄り付かなくなり、ジータが体調を崩したことが関係しているのかもしれない。

オスカルに至っては、エミリアを魔女だとまで言っているのだ。

これだけのことが一度に起こるなんて、偶然とは思えない。

エミリアが不安そうに見守る中、ロレンツォが言葉を続ける。

「しかしながら、違反報告があった以上、ファネリ診療所の体制が適切かどうか、きちんと調べなくてはなりません」

「何を暢気《のんき》なことを！　こんな奴ら、さっさと追い出すのが一番だ！　こいつは魔女なんだぞ！」

「オスカル様。先ほどの花に毒がないことは私自身が証明済みでございます。鉢植えを割ってしまったのは私たちの非。診療所の体制やクラドールについても、専門の機関にお任せするのがよいでしょう」

大声で叫ぶオスカルを、カルロが諌《いさ》める。年の功もあるだろうが、彼は冷静で論理的な思考の持ち主のようだ。

「娘さんに渡されたというハーブティーについてもお調べしましょう。今、お持ちでしょうか？　なければ、後ほどお屋敷まで取りに伺いたいのですが」

「はい、持っております」

ロレンツォがそう言うと、カルロが燕尾服《えんびふく》のジャケットの内ポケットから袋を取り出し、彼に差し出した。それに、オスカルがぎょっとする。

「カルロ、なぜ――」

「ハーブティーが原因だろうとのことでしたので、万が一証拠隠滅《しょうこいんめつ》を図《はか》る輩《やから》がいては困るかと思い、持ち歩いておりました」

「なっ！　だからって、こいつは魔女の仲間だぞ！」

「しかし、ジータ様はエミリア先生と個人的にお話ししたようですし……クラドール協会の皆さんならば公正に調査してくださるでしょう」

カルロがそう述べると、オスカルは再び唸《うな》って黙り込んだ。

「確かに受け取りました。どちらにせよ、調査が終わるまで診療所は開けませんし、薬の調合や薬草の栽培も出来ませんので、ご安心を。私が責任を持って監督します」

そう言って、ロレンツォがその場をしめくくる。オスカルは未だ納得のいかない様子だったが、分が悪いと思ったのか悪態をついて診療所の外へ歩き出す。

「では、ロレンツォ様。よろしくお願いいたします。エミリア先生、アルベルト先生、お騒がせして申し訳ございませんでした」

オスカルに仕えながらも、最後まで礼儀正しく中立の立場でいてくれたカルロ。エミリアは踵《きびす》を返した彼の背中に深くお辞儀をし、見送った。

「さて」

嵐が去ると、ロレンツォはいつもの笑顔に戻って二人を見た。その表情に、二人を疑う色はまったくない。

「驚かせてしまったね。俺と君たちが知り合いだと悟られない方がいいと思って。やっぱり公平性に欠けると感じるだろうし……」

「いいえ、助かりました。ありがとうございます」

「ありがとう、ございます……ロレンツォ先生……」

アルベルトはロレンツォにお礼を言い、エミリアの肩を抱き寄せる。彼女も震える声でお礼を言い、夫の胸にもたれかかった。

「突然来てごめんね。ちょっと遅くなっちゃったみたいだけど……あ、彼は南地区の診療所を管理しているラウルくん」

「エミリアさんは初めてお会いしますね。よろしくお願いします」

「こちらこそ……」

ラウルに頭を下げられて、エミリアも同じように会釈《えしゃく》する。

ロレンツォはかぶっていた帽子を取ってぐるりと診療所を見回すと、再びエミリアたちと視線を合わせた。

「実はね、ラーゴの住民たちから、エミリアが変な薬を作っているって報告が多く寄せられているんだ。中にはさっきみたいに、『クラドール協会が魔女を送り込んだ』って苦情もある。それで調べたら、ここには言い伝えがあるみたいだね？　ラーゴは小さな田舎町《いなかまち》だ。そういう言い伝えが信じられていてもおかしくはない。この辺りを治めるミスター・スコットが信じていることも影響しているだろうね」

　領主が迷信深ければ、そこの住人も……というのは自然な流れなのかもしれない。昔は、政治にそういったことを絡めて統治を行っていた者もいるくらいだ。

「魔女については文化的なものだから、難しい問題だね」

「しかしながら、我々が今日伺ったのは、クラドール協会として監査に入るためです。報告があった以上、調査をして本部へ報告書を出さないといけません」

　ロレンツォの言葉を引き継いだラウルの説明に、エミリアは息を呑んだ。

「そんな……」

「心配しないで、エミリア。アルベルトの研究に関しては報告を受けているよ。念のため、その報告書と実験内容が相違ないか確認するために来たんだ。ただ、ハーブティーについては別件みたいだから、そちらも調べさせてね」

　ジータが体調を崩したというのだから、疑いがかかるのは仕方のないことだ。しかし、エミリアはショックを隠しきれない。

　怒涛《どとう》の展開に眩暈《めまい》がして、ふらりとアルベルトに体重を預けた。

「エミリア、大丈夫？」

　エミリアの震える背中を、アルベルトがそっと撫《な》でる。

「うん……ごめんね、アル。ここも片付けないと」

「それは後でいいよ。二階へ行って休もう。顔が真っ青だ」

「アル、私は大丈――」

ひょいっと横抱きにされ、エミリアは慌てて身を捩《よじ》る。

「えっ、大丈夫だから――」

「ダメ。エミリアが倒れたら元も子もないよ。ロレンツォ先生たちは、監査を始めてください。すぐに戻ってきますから」

アルベルトはエミリアの言うことを聞かず、二階へ上がってしまう。

「エミリアはここで休んでいて。僕は先生たちと話をしてくるよ」

真っ直ぐ寝室へ入り、エミリアをベッドに寝かせたアルベルトが、彼女の頭を撫《な》でる。

「でも……」

「『でも』はなし。そんなに顔色が悪いんだから、心配になるのは当然でしょう？　ちゃんと寝ていてよ」

そう言って、アルベルトはエミリアを半《なか》ば強引に休ませ、出て行ってしまった。

彼女はベッドに横たわり、大きなため息をつく。

自分のせいで診療所の信用が落ちているのだ。エミリアも一緒に話を聞き、対策を考えたいのに、アルベルトは自分の話を聞いてくれる素振りさえ見せなかった。

とはいえ、ショックで真っ青になり、ふらついている人間に「休め」と言うのは当然のこと。自分の情けなさに甚《はなは》だ呆れてしまう。

しばらく悶々《もんもん》と考え込んでいたエミリアだが、やがて意を決して身体を起こした。

（しっかりしなきゃ……！）

エミリアは自分の額《ひたい》と胸元に手を当てて呪文を唱えた。眩暈《めまい》や頭痛などを和《やわ》らげる魔法だ。すうっと、冷たさが身体に沁《し》みわたり、気分が落ち着く。

それからほんの少し目を瞑《つぶ》り、何度か深呼吸をして、ゆっくりベッドを下りた。

そして、顔色を確認する。まだ血の気が足りないかと、チークパウダーでほんのり色を付けた。

これで大丈夫なはず。

エミリアは寝室を出て、リビングへ急ぐ。しかし、そこにアルベルトたちの姿はない。

おそらく、研究室で報告書の真偽やハーブティーの成分を調べているのだろう。

エミリアはそのまま階段を下りて研究室へ向かった。自分にも手伝えることがあるなら、協力したい。

そして、ドアをノックして魔法で開錠し、中へ入る。

しかし、そこはもぬけの殻《から》だった。すでにハーブティーの毒性は検証した後なのか、実験器具なども綺麗に片付けられている。

エミリアは、不安でドキドキする胸を押さえ、震える息を吐き出した。

オスカルもカルロも、ジータがエミリアのハーブティーで体調を崩したと言っていたが、可能性はいろいろと考えられる。

たとえば、お茶請けの菓子がよくなかったとか、たまたま風邪を引いたとか……

エミリアはもちろん毒など入れていないし、たった数日でハーブが腐ることも考えにくい。

とにかく、ジータの体調不良の原因は、診察してみないことにはわからなさそうだ。

だが、エミリアが診察したところで、オスカルや町の人々が信じてくれるかどうかは怪しい。今日のオスカルの様子からして、アルベルトが診察をするのも困難だろう。

そうなると、頼れるのはロレンツォかラウルになる。彼らはどこへ行ったのか。

エミリアは一度研究室を出て、待合室へ向かった。受付近くに散らばっていた鉢植えは綺麗に片付けられている。

アルベルトは惚れ薬の開発の一環で、あの花を栽培していたようだった。それならば、庭で栽培している薬草なども調べるのかもしれない。

エミリアはそう思い立ち、診療所の裏口へ続くドアへ向かった。一番奥のドアを出たところに、アルベルトと二人で薬草栽培用の庭を作ったのだ。

廊下を進むと、予想通り裏口のドアが少し開いていて、彼らが出て行ったことが窺《うかが》えた。ドアの前まで近づき、ノブに手を伸ばす。

「――エミリアに矛先《ほこさき》が向いちゃったのは想定外だね」

ふと、自分の名前が聞こえてきて、エミリアは動きを止めた。ロレンツォたちが話をしているらしい。別に悪いことなどしていないのに、心臓が変な音を立てている。

矛先《ほこさき》が――というのは、どういう意味だろう。何だか「この事態は想定していたが、エミリアが標的になるのは予想外だった」という風に聞こえる。

エミリアは息を潜《ひそ》めて聞き耳を立てた。

「すみません……魔女の言い伝えは患者さんからもよく聞いていたのですが、軽く考えていました」

アルベルトの声だ。彼も今回の件に対して困惑した様子はあまりなさそうだ。

「エミリアがジータ様と診療所の外で会ったと言っていた日、僕は調査に出かけていて……」

あの日、アルベルトは、隣町の薬草栽培所に行ったと教えてくれた。調査というのは、愛の花の栽培についてということだろうか。

「そうか。その後進展は？」

「もう少しで解析は終わります」

解析……？　話が読めず、エミリアは眉根を寄せた。

「そうしたら、すぐに監査に入っていただけます。ジータ様については――」

一体、彼らは何の話をしているのだろう。

しかし、エミリアがもっと詳細な情報を掴む前に、庭の薬草を調べていたらしいラウルが会話に割り込んだ。

「ロレンツォ先生、庭の薬草調査完了です。特に問題はありませんから、私はこのまま報告をクラドール協会へ持って帰ります」

「ああ、ありがとう。俺はラーゴにしばらく残るよ。こんな大事《おおごと》になってしまったし、例の件もそろそろ大詰めだろうから」

「わかりました。何か進展がありそうでしたら、すぐに連絡をしてください。あまり危険なことはなさらないように」

ロレンツォとラウルのやりとりを聞き、エミリアの鼓動が加速する。

話の内容はよくわからないが、エミリアの知らない何かがあることは確実だ。

エミリアはキュッと唇を噛《か》み、顔を顰《しか》めた。

隠し事をされていたことがショックだった。でも、それはエミリアが頼りにならないせいだ。

役に立てない自分が情けなくて、やるせない。それどころか、安易な行動で診療所の評判を落として……足手まといもいいところだ。

エミリアは肩を落とし、そっとその場を離れた。盗み聞きをしてしまったから、後ろめたくて彼らの話に入りにくい。

階段を上がって寝室へ戻り、エミリアはベッドに突っ伏す。

後で聞いたら、アルベルトはすべてを教えてくれるだろうか。

そう考えるけれど、すぐに無理かもしれないと気づいた。

何せエミリアはまだ自分のことで精一杯。アルベルトが頼りなく感じるのも仕方がなかった。

もっとしっかりしなくてはいけないと思うけれど、実際にはうまくいかない。

でも……二人は夫婦になったのだ。診療所だって、二人で協力してやっていこうと約束した。エミリアがアルベルトの助けになれることは少ないかもしれないが、相談くらいしてほしい。

そんな風に思うのは、エミリアのわがままだろうか。

一人でいると、いろんなことをぐるぐる考えて、気分が落ち込んでしまう。やがて、何度目かもわからないエミリアのため息が漏《も》れた頃――

カチャリと音がしてドアが開いた。エミリアは弾かれたみたいに起き上がる。

「エミリア。もう大丈夫なの？」

アルベルトはエミリアが起きていたことに驚いた様子だ。

「うん。ロレンツォ先生たちは？」

「ラウルさんは、報告があるから城下町に帰るって。ロレンツォ先生は宿に戻った。また明日来るそうだよ」

そう言いながら、アルベルトはベッドに座り、エミリアの頬を撫《な》でた。

「顔色はよくなったかな？」

「もう大丈夫……ねぇアル、ロレンツォ先生は何て？」

「エミリアは心配しなくていいよ。ハーブティーも僕の研究も問題なかった。もちろん診療所の潔《けっ》白《ぱく》も証明されたよ。町の人の誤解もすぐに解ける」

エミリアが控えめに聞くと、アルベルトは優しく微笑んで答える。

「でも、オスカル様の様子は普通じゃなかったよ。魔女の噂《うわさ》もあるし……」

心配しなくていい、というのはエミリアを労《いた》わっているようで、実際には彼女に踏み込んでほしくなくて壁を作っているみたいに聞こえた。

そんな曲がった考えになるのは、先ほど彼らの会話を盗み聞きしてしまったせいだろうか。

アルベルトは、困り顔で首を横に振った。

「たぶん、ミスター・スコットが薬の噂《うわさ》を聞いた後すぐに、ジータ様がエミリアのハーブティーを飲んで体調を崩したんだろう。それでエミリアが疑われた。彼は魔女の言い伝えをとても恐れているみたいだし、一人娘が熱を出して、気が動転してるんだ」

エミリアの頭を引き寄せ、アルベルトは続ける。

「大丈夫。毒は検出されなかったし、皆すぐにわかってくれるよ。ジータ様もそうだったけど、冷静さを失うのは父親譲りなのかもね」

クスッと笑い、冗談交じりに言うアルベルト。

エミリアの胸がチクリと痛む。

彼が自分を安心させようとしてくれているのはわかる。しかし、やはりこの件からエミリアを遠ざけようとしていると感じて寂しかった。

彼女は心細さにアルベルトの背へ手を回し、ギュッと抱きつく。自分にも話してほしいと言うことは出来る。けれど、それではアルベルトを責めるみたいになってしまうかも……そう思ったら、エミリアは何も言えなかった。

(自分で、調べよう……)

彼に認めてもらうには、エミリアがもう少し自立するべきだろう。アルベルトを心配させている自分も悪い。

ラウルが城下町へ帰ったのなら、すぐにでもファネリ診療所を再開出来る。

然《しか》るべき機関のお墨付きがあれば、町の人々もきちんとエミリアの説明を聞いてくれると思うし、納得してもらえるはずだ。

オスカルもハーブティーの件は誤解だったとわかれば、エミリアとジータの面会を許してくれるに違いない。そうしたら、ジータの体調不良の真の原因もわかる。

ずっと寝不足だと言っていたから、エミリアは彼女の体調が心配だった。

それに……アルベルトたちの話も気になる。診療所の件で、他にも何か憂《うれ》いがあるのなら、今度こそエミリアは力になりたい。

「エミリア、今日は疲れたでしょう？　もう寝ようか。お風呂は入れる？」

「うん、大丈夫。ごめんね。お風呂入ってくるよ」

エミリアは心の中で密かに決意をしつつ、アルベルトから離れ、バスルームへ向かった。

＊＊＊

その少し前。エミリアを部屋で休ませたアルベルトは、裏庭でロレンツォとラウルに先ほどの事情を説明していた。

「なるほどね。診療所の設立に反対していたのは、言い伝えのせいか。俺はてっきりグイドに心酔しているからなのかと思っていたけど。それに、エミリアに矛先《ほこさき》が向いちゃったのは想定外だね」

「すみません……魔女の言い伝えは患者さんからもよく聞いていたのですが、軽く考えていました」

エミリアもマルコに聞いているから、魔女と自分が似ていることは認識しているだろう。けれど、オスカルに怯《おび》えられている理由がそこにあるなんて、思ってもいなかったはず。

それくらい「悪い魔女」というのは、二人にとって違う世界の存在だったのだ。

「エミリアがジータ様と診療所の外で会ったと言っていた日、僕は調査に出かけていて……」

苦々しく呟くと、ロレンツォは顎《あご》に手を当てて頷いた。彼にはこまめに状況を報告しているから、そのことについてはすでに把握しているはずだ。

エミリアがジータに診療所の外で偶然会ったと聞いたとき、アルベルトはひやりとした。ジータは一度、診療所で問題を起こしている。それがきっかけで患者さんが減ったのだと責任を感じる妻に、アルベルトは「大丈夫」としか言えなかった。

エミリアには、隣で何の心配もなく笑っていてほしい。そのために、自分には彼女を守る義務がある。なのに、またもジータに後《おく》れを取ってしまった。

彼女はエミリアからハーブを受け取って、体調を崩したと言っている。嘘か真《まこと》かは正直アルベルトにとって大した問題ではなかった。だが、「エミリアを傷つけること」はどんな行為でも許せない。

アルベルトは爪が食い込むほどぎゅっと拳《こぶし》を握り締めた。愛しい妻の悲しそうな表情を思い出し、不甲斐《ふがい》ない自分が情けなくなる。

「そうか。その後進展は？」

ロレンツォに問われ、アルベルトは深呼吸をして顔を上げ、もう少しで結果が出ることを伝える。

ロレンツォが言っているのは、アルベルトがグイドのスペルティ診療所について調査をしていることに関してだ。

あの日、アルベルトが出かけたのは隣町。目的は、スペルティ診療所で処方する風邪薬を手に入れることだった。

以前、風邪薬が合わなかったのかもしれないと言っていた患者さんのことが気にかかっていたのだ。そこで後日、薬の成分を調べるために問題の風邪薬をもらい受けようとその患者さんの自宅を訪ねた。すると、たくさんもらったはずの風邪薬が見つからなかったのだ。

その患者さんは間違えて捨ててしまったのかもしれないと言ったので、同じ薬を処方されたであろう他の人々の家も回ったのに、誰も持っていなかった。

だから、スペルティ診療所に通う人々の住む隣町まで出向いたのだ。しかし、ラーゴと同じくほとんどの人が余りの薬を所持していない。

それでも諦めきれず、アルベルトは文字通り片っ端から家々を訪ね歩いた。そして、ようやくその前日に診療所へ行き、風邪薬を処方されたという人から薬を分けてもらうことが出来たのだ。

アレルギーの検査をして、風邪薬の成分を調べるまでが自分の任務。その結果は今夜にも出る。

「ジータ様については、彼女に会ってみないと何とも言えませんね」

狂言の可能性もあるが、本当にハーブティーに毒が仕込まれていたのなら、犯人を特定しなければばならない。

「まぁ、大体予想はつくよ」

ロレンツォは呆れた様子でため息をつく。少しの沈黙の後、ラウルが形式的な庭の調査を終えたところで、彼は話を切り上げた。

ラウルは報告をするため、城下町のクラドール協会へ戻るらしい。ロレンツォはラーゴに宿を借りていて、引き続きアルベルトの手助けをしてくれるようだ。

オスカルや町の人々の手前、ファネリ夫婦を監視するという役目もある。

「明日、一緒にエミリアに関わる事件を調べよう。薬のことも早く報告書をまとめて解決しないとね」

「はい」

再びロレンツォと会う約束をし、アルベルトはエミリアのもとへ急いで戻った。

＊＊＊

翌日。

その日エミリアは、診療所を出ることが出来なかった。アルベルトとロレンツォが朝から晩まで調査と称して出かけたせいだ。

エミリアはまだ一人で行動することを許されていない。それならばせめてアルベルトたちと一緒に行きたいと申し出たのだが、町の人を刺激しないように留守番を頼むと言い含められてしまった。

確かにエミリアは今、魔女疑惑をかけられている。

自分だって誤解を解くために尽力したいのに――そんな思いが、エミリアを苛立たせた。アルベルトは相変わらず「大丈夫」としか言ってくれないし……

「アル。私たちの潔白《けっぱく》は証明されたんじゃなかったの？　ラウルさんはクラドール協会に報告してくれたんだよね？」

その夜、寝室にエミリアの声が響く。

「うん。そうなんだけど、噂《うわさ》はすぐに消えないでしょう？　皆が気持ちの整理をする時間も必要だから」

アルベルトは相変わらずの調子だ。

「でも、誤解が解けたなら、私ももう出かけてもいいでしょう？　診療所だって開けるよ。最初から患者さんの全員は戻らないかもしれないけど、少しずつ――」

「エミリア」

アルベルトはエミリアの頬に手を添え、困ったように眉を寄せた。

「閉じ込めるみたいになって悪いと思っているよ。でも、エミリアにはこれ以上傷ついてほしくないんだ。事件は解決に向かっているけれど、まだミスター・スコットの説得に手こずってる。やっぱりあの人が信じてくれないとね」

確かにオスカルが納得しなければ、町の人の不安を完全に拭《ぬぐ》うことは出来ないのかもしれない。

「実はね、ミスター・スコットはご両親と奥さん、どちらも水の事故で亡くしているらしいんだ」

「え……」

水属性の魔法を操《あやつ》るマーレ人は、水の加護があるとされている。水に触れれば魔法の力が増し、術者も癒《いや》されるためだ。

それなのに、そのマーレ人が水の事故で命を落とすというのは、最も不吉なことだとされている。

——こんな縁起《えんぎ》の悪い湖の近くに住もうなどと、偶然ではありえんぞ！

オスカルが叫んでいた言葉を思い出し、エミリアの胸が痛んだ。海や湖など水のある場所を嫌うマーレ人は珍しい。その理由が身内の不幸だとしたら、これほどつらいことはない。

「僕も人伝《ひとづ》てに聞いた話だから、詳しくはわからないんだけど……元々、魔女の言い伝えがあったこの町でそういうことが続いて、恐れられるようになったんだろうね」

「そう、なんだ……」

確かに身内の不幸が続けば、疑心暗鬼にもなるだろう。それも、水に愛されるマーレ人が水の事故で亡くなるなんて……

「とはいえ、ずっと家にいなきゃいけないのは息苦しいよね」

アルベルトが申し訳なさそうに言う。

「うん……」

エミリアはベッドの上で膝を抱え、小さく頷いた。

「ごめんね。お詫びに今日は、これ」

アルベルトはクスッと笑って、花型の黄色いキャンドルをエミリアに見せた。見た目も可愛らしく、まだ火をつけていないのに香りもよい。

「アロマ？」

「うん。リラックス効果のあるものだよ。ロレンツォ先生にもちゃんと許可をもらって作ったから」

そう言った彼は、ベッドサイドにガラスの受け皿を置き、キャンドルに火をつける。その途端、甘さがありつつもすっきりとした香りがふわっと広がった。

「いい匂い……！」

エミリアの表情が自然と緩《ゆる》む。アルベルトはベッドに座り、エミリアの顎《あご》に手をかけた。

「もう少しだけの辛抱だよ」

「ん……」

低く囁《ささや》いたアルベルトが、しっとりと唇を重ねる。

軽く触れることを何度か繰り返し、啄《ついば》むようなキスに変わっていく。上唇、下唇を交互に食《は》まれ、柔らかな感触に鳥肌が立った。

「ん、アル……っ」

エミリアの唇を舐め始めた夫の胸に手をついて、彼女は彼の身体を押し返そうとする。

「アル、や……も、もう休もうよ」

今は診療所が大変なとき。アルベルトと甘い時間を過ごすには、憂《うれ》いが多すぎた。

それに、置いてけぼりでいじけた気分になってはいたけれど、エミリアだってアルベルトが問題解決のために走り回ってくれているのをわかっている。彼も疲れているだろうし、相当ストレスを感じているはずだ。

「ん……もう少し……」

アルベルトがベッドに手をつくと、ギシッとベッドが沈む。彼はエミリアの背に手を回し、身体を引き寄せて唇を求めてくる。

「っ、ン……ぁ……んぅ」

じんわりと身体が火照《ほて》り出す。

ちゅっ、ちゅっと音を立ててキスをする合間に、二人の熱い呼吸が漏《も》れた。アロマの香りに混じり、寝室に妖艶《ようえん》な空気が広がっていく。

「や、アル……ん」

アルベルトの舌が丁寧に口腔《こうこう》を探り、エミリアの身体から力が抜けてしまう。

そんな妻の腕をそっと掴み、アルベルトは彼女をベッドに押し倒した。重なっていた唇がするりと首筋に下りていく。

「アル、やだ……っ、だめ、ってば……」

「僕とするの……嫌？」

アルベルトが額《ひたい》を合わせ、寂しそうに問う。ダメだと思っていたはずなのに、吐息の籠《こ》もった囁《ささや》きに、エミリアの身体は疼《うず》いた。

「そ、そうじゃないけど……でも、今は、こんなことしている場合じゃ——あっ」

寝衣の中にアルベルトの大きな手がするりと滑《すべ》り込んでくる。スカートの裾をお腹まで捲《まく》り上げた手は真っ直ぐに胸の膨らみへ向かい、下から掬《すく》い上げるように揉《も》まれた。

「あ、アルっ！」

エミリアは彼の手を掴み、身体を捩《よじ》って抵抗するが、アルベルトの身体はビクともしない。抗議の言葉も、彼が口付けで呑み込んでしまう。

「んんっ……ふ、ン」

アルベルトは濃厚なキスを続けつつ、乳房を優しく揉《も》む。彼の長い指が柔らかな膨らみに沈み、その形を変えたり弾力を楽しんだりすることで、じわじわとエミリアの体温が上がった。

「んっ！　んぅ……」

アルベルトの膝がエミリアの足の付け根に押し当てられ、下着越しに秘所を擦られる。指先で触れられるような繊細《せんさい》な動きではないが、それが却《かえ》って歯痒《はがゆ》く、エミリアの腰が揺れた。

「あっ、は……」

ようやく唇が解放されても、息が上がってしまって言葉が出てこない。それをいいことに、アルベルトの唇はエミリアの耳元へ移動し、彼女の弱い部分を甘噛《あまが》みした。

「ひゃっ」

ぱくり、と耳朶《みみたぶ》を食《は》まれ、思わず首を竦《すく》めてしまう。

「真っ赤になってるね」

「ぁ……」

羞恥《しゅうち》で赤く染まった耳の縁《ふち》を舌でなぞられ、ちゅっとキスをされると鳥肌が止まらなくなってしまう。

「こっちも赤くなっているかな？」

「あぁっ」

耳への愛撫《あいぶ》に感じて勃《た》ち上がった胸の頂《いただき》を、人差し指の先で引っ掻《か》かれる。そこが硬くなっているのを確認すると、アルベルトは嬉しそうに笑った。その拍子に漏《も》れた息が耳に吹き込まれて、エミリアの身体は更に震える。

「や……っ、アル」

「……エミリア。今日は、僕のことだけ考えて」

アルベルトはエミリアの目尻に溜まった涙をちゅっと吸い、微笑む。それから指先で彼女の目の下の薄い隈《くま》をそっとなぞった。

「よく眠れるようにしてあげるから……」

「あ……」

悪い噂《うわさ》や診療所のこと、アルベルトの隠し事について考えて、エミリアはここのところよく眠れていなかった。彼が自分をこの件から遠ざけていることにもイライラして……

それに気づいていたから、アルベルトはアロマを用意してくれたのかもしれない。

少し時間が経って、キャンドルの匂いにも慣れてきた。アルベルトが与えてくれる穏やかな愛撫《あいぶ》で体温が上がっているのもわかる。

「そ、それなら……もう、大丈夫だから……」

これ以上は、やはり不謹慎な気がしてしまう。

「だーめ。エミリア、今日は朝までゆっくり眠れるように……ね？」

「あ、やぁっ」

ふわりと寝衣を胸の上まで捲《まく》って、胸の先端を咥《くわ》えたアルベルト。彼の温かな口内で唾液に塗《まみ》れ、舌で転がされると、そこは再び硬くなって主張を始めた。

「アル――っ、や、あぁっ」

ちゅぷ、と音が立つ。大きな快感ではないのに、痺《しび》れと熱がじんわり広がっていく。肌から熱が放《はな》たれているような、変な気分になる。

「あ、アル……」

「力、抜いて」

「んっ、アル、だめってば……あっ！」

アルベルトの手が足の付け根に滑《すべ》る。その指が、ほんのり湿り気を帯びた下着の布をいたずらになぞった。

「何も考えられないくらい、気持ちよくするから……」

「あっ、あ……ああっ」

アルベルトの指先が、隠れた芽を探すみたいに彷徨《さまよ》う。エミリアがビクッと反応すれば、その場所を何度も引っ掻《か》かれ、じわりと愛液が溢れるのが自分でもわかった。

何だか変だ。身体中が痺《しび》れて気持ちいいのは本当だが、体温の上がり方がおかしい。

アルベルトの体温とは別の何かに、無理矢理高められているみたいな……

花芯から下腹部に広がる疼《うず》きは、足、腰、胸へ痺《しび》れになって伝わる。

エミリアの意識も、アルベルトから与えられる愉悦《ゆえつ》に、徐々にぼんやりしてくる。

「あ、はぁっ……あ、あっ」

弱い刺激が積み重なって、絶頂への期待が芽生える。けれど、期待すればするほど、緩《ゆる》やかな快感がじれったい。エミリアはシーツを掴み、その歯痒《はがゆ》さに悶《もだ》えた。

身を捩《よじ》って頭を枕に擦り付ける。そのとき、うっすら開いた目にキャンドルが映った。その甘い香りを認識し、ハッとする。

「――!? アル、またこの薬……ふあぁっ」

〝惚れ薬〟だ。いや、きっと惚れ薬ではない。これだけ続けば、エミリアだってアルベルトが故意にこの副作用を起こしているのだと気づく。

「気持ちよくなってきた？」

だが、アルベルトはエミリアの問いに答えようとはせず、目を細めて彼女を見つめている。

「ん、あっ」

そっと下着を除けて侵入してきた指に潤《うるお》った割れ目をそろそろとなぞられ、エミリアは腰をくねらせた。

アルベルトは指に溢れた蜜を絡め取り、指先を泉の入り口へ沈める。くぷ、くちゅ……と水音をわざと立てつつ、彼の指が奥へと進む。

「あっ、あぁっ、やぁ……ッ、あ……アル……」

しかし、その指はすぐに引き抜かれ、エミリアは思わずアルベルトの肩を掴んだ。すると、彼はクスッと笑ってエミリアの手を外し、身体を起こす。そして彼女の下着に手をかける。

「あっ、待って――」

けれど、アルベルトは素早くそれをエミリアの足から抜き取ってしまい、彼女は慌てて足を閉じた。

「エミリア。ほら……足、開いてごらん」

アルベルトはエミリアの膝を手の甲で撫《な》でつつ言う。

エミリアはふるふると首を横に振り、恥ずかしさを伝えるが、アルベルトはエミリアの頭を撫《な》でて微笑むばかり。

それどころか、更にエミリアを焦《じ》らそうと、彼女の肌を手のひらで辿り始めた。触れるか触れないか、微妙な距離を保ちながら、熱い手が肌を伝う。

「ふぁっ……ん、アル……あ……」

特に胸や腰に触れられるとぞくぞくとして、切ない感覚が押し寄せてきた。

身体が熱くなると、頭もぼんやりしてくる。自分がまたアルベルトに流されてしまっていることを感じつつも、その思考はどんどん頭の片隅に追いやられてしまった。

――我慢出来ない。

今、エミリアが思うのは、このもどかしさをどうにかしてほしいということばかり。理性の薄れた思考では、身体をコントロール出来ない。エミリアの足は、彼女の気持ちを代弁するかの如《ごと》く、緩《ゆる》やかに開いていく。

「いい子だね、エミリア」

アルベルトは嬉しそうにそう言うと、開かれた花園へ顔を埋《うず》めた。

「あっ、あ、あぁぁっ」

彼はちゅっと軽く泉の入り口に口付け、それからねっとりと舌を割れ目に沿って這《は》わせる。溢れた蜜を舐め取った後、今度は外側の柔らかな肌をなぞり、足の付け根を啄《ついば》むみたいに口付けを落とした。

「は……んぁっ、あ……」

そうして再び零《こぼ》れる蜜を、じゅっと吸われる。それでもはしたなく溢れる泉……アルベルトはその中へも舌を入れ、蜜を求めた。

「すごい……こんなに舐めてもまだ溢れてくる」

「んっ、ああっ、はぁ……」

やがて、アルベルトが秘所から顔を離す。エミリアは遠のいた刺激を追いかけるように視線を落とした。

アルベルトがエミリアの大きく開いた足の奥を、熱の籠《こ》もった瞳で見つめ、唇を舐めている。彼の薄くて形のよい唇を濡《ぬ》らしているのが、自分の身体の奥から溢れたものだと思うと、きゅんと下腹部が疼《うず》いてしまう。

「……今、いやらしいことを考えたの？」

「あっ」

エミリアの泉がヒクついたのを見逃さず、アルベルトは目を細めたかと思うと、彼女の中へ指を差し込んだ。

そして、じっくりとエミリアの反応を窺《うかが》いつつも奥へ入り込んでくる。

「あ……っ、あ、あぁ……」

「こんなに熱くなってたんだ」

アルベルトはその温度を確かめるかの如《ごと》く、指を膣壁に沿って動かす。くちゅくちゅと音がして、溢れる蜜の多さを知らしめるかのようだった。

やがてアルベルトは指を二本に増やし、柔らかな壁を巧みに刺激し始めた。

「やっ、あぁぁっ！　あっ、あ、あぁん……っ」

エミリアの爪先が、アルベルトの所作一つ一つに反応して痙攣《けいれん》し、跳ねる。

アルベルトは奥まで沈めた指をくにくにと動かして、エミリアのいいところを探った。同時に再び花園へ顔を寄せ、ぷっくりと膨れて顔を出した芽に吸い付く。

「ひゃあっ……ああ、あっ」

エミリアの腰が一際大きく跳ねる。強すぎる刺激に、彼女はアルベルトの頭を押し退《の》けようとするが、彼は構わず夢中で彼女の蜜を貪《むさぼ》る。

「やっ、あ、ああっ、ダメ、そんな……っ、吸ったら――」

「ダメ？　じゃあ……」

ぺろり、と秘芽に舌が触れる。唾液を塗りつけるみたいに何度も弾かれると、どうにかなってしまいそうだった。

「やぁっ、あっ、あぁぁ……ッ」

「ん……でも、たくさん溢れてるから……これじゃあ、零《こぼ》れちゃうよ」

アルベルトは熱い吐息とともに囁《ささや》き、再び花芯に吸い付く。

「あ！　あ、はぁっ……ダメ、だ、めぇっ」

ガクガクと足が震え、それを止めたくて爪先に力を込めると腰が浮いて……エミリアの鼓動と呼吸が速くなる。

中で蠢《うごめ》くアルベルトの指、それに呼応するようにうねるエミリアの泉の奥。アルベルトの唇と舌が更に卑猥《ひわい》な音を立てて、エミリアの絶頂が近づく。

「あ、あっ、あぁっ……っ、く、んぅ……はあぁ……あ――ッ」

エミリアは心臓の高鳴りと共に身体を弓なりにして、痙攣《けいれん》した。汗が全身から噴き出し、あまりの快楽に涙が滲《にじ》む。

呼吸を整えるので精一杯のエミリアは、遠くで衣擦れの音を聞いた。アルベルトがシャツを脱ぎ捨て、ズボンを寛《くつろ》げているのだ。

「エミリア。挿《い》れるよ」

すぐに彼の昂《たかぶ》りが宛がわれ、先端が潜《もぐ》り込む。

「あっ」

アルベルトはエミリアの腰を掴み、自身の昂《たかぶ》りを彼女の泉へと沈めていく。しとどに濡《ぬ》れたエミリアの中は、猛《たけ》った熱塊も難なく受け入れた。

「あっ、あぁん……や、あっ」

気持ちよすぎておかしくなってしまいそうで、エミリアは無意識にシーツを握り締め、上へ逃げようと身を捩《よじ》った。

「だーめ。エミリア、逃げないで。奥まで入れて……？」

「ああ――っ」

すると、アルベルトが許さないと言わんばかりにエミリアの身体を抱き込む。そのまま一気に貫《つらぬ》かれ、彼女は悲鳴にも似た声を上げた。

アルベルトも苦しそうな表情でクッと息を詰める。

「は……ごめんね。ちょっと、ゆっくりしようか……」

恍惚《こうこつ》の表情で、アルベルトが上半身を倒してエミリアと肌を合わせる。彼の額《ひたい》にも汗が滲《にじ》み、瞳の奥に情欲の炎が灯《とも》っていて、色っぽい。

アルベルトはエミリアの頬を撫《な》でつつ、唇を啄《ついば》む。そして、ゆらりと腰を擦り付ける動きで彼女を快楽の海へ誘った。

「あ……あ、んんっ」

お腹の奥にアルベルトの昂《たかぶ》りの先端が当たってぞくぞくする。エミリアは彼の腕にしがみつき、震える息を吐き出した。

緩《ゆる》やかな動き、微《かす》かな水音……目を閉じて薄く唇を開いているアルベルトの色っぽい表情も、エミリアをドキドキさせる。

「あっ、アル……」

決して激しくされているわけではないのに、エミリアの身体はいつも以上に熱くなって、アルベルトを求めている。淫靡《いんび》な痺《しび》れはじわじわと途切れることがない。

「ん……エミリア」

アルベルトもエミリアの呼びかけに応《こた》えてうっすら目を開ける。視線が合うと、このまま燃えてしまうのではないかと思うほど、更に体温が上がった気がした。

アルベルトは緩《ゆる》やかな律動を続けつつ、大きな手をエミリアの胸に滑《すべ》らせる。ふっくらとした弾力を包み込み、その柔らかさを楽しんでいる様子だ。

「あ、ン……んんっ」

与え続けられる快感のせいで、硬く勃《た》ち上がったままの先端が痛いくらいだった。それを慰《なぐさ》めるかのように、アルベルトが唇を寄せる。

「あぅ、ン！　はっ、あぁっ……」

「気持ちいいの？　中、ビクッてしたね」

「あっ」

強く吸われると、気持ちいい……エミリアがそう思ったのを感じ取ったのか、アルベルトは更に胸の蕾《つぼみ》を攻める。

アルベルトはどれだけエミリアを翻弄《ほんろう》するのだろう。

寝室に広がった淫猥《いんわい》な空気。そこに混じるアロマの香りも、エミリアの快楽を引き出すスパイスにしかならない。

「ああ……アル……っ、あっ、アル……！」

「うん。エミリア……激しくするよ」

アルベルトがエミリアの膝を押し開き、腰の動きを大きくする。

「あ、あ、あぁっ」

彼の昂《たかぶ》りが何度も膣壁を擦り、おかしくなりそうだ。ぐちゅぐちゅと卑猥《ひわい》な音が響き、アルベルトの呼吸も荒くなっていく。

揺れる視界に、アルベルトが夢中で腰を打ち付けている姿が映り、エミリアの心をギュッと締め付ける。それに呼応して、彼女の内側が彼自身に絡みつく。

「――っ」

アルベルトが眉根を寄せて声を我慢する様子を見ると、彼が感じていることがわかって嬉しい。

「ああ……あ、あっ、あん……は、あ、アル……！」

心と身体両方の疼《うず》きが切なくて、エミリアはアルベルトに手を伸ばした。彼は苦しそうにしつつも微《かす》かに口元を緩《ゆる》め、その手を取ってくれる。

アルベルトの手が、エミリアを気遣ってやんわりと彼女の手を包む。今まではそれだけで嬉しくて、満たされていた。

でも……今日はもっと強く握ってほしい。エミリアを気遣うばかりじゃなくて、アルベルトのすべてを、壊れてしまうくらいぶつけてほしいのに。

隠し事は、嫌だ――

「アル……ああ、あ……好き……好き、気持ちいいの……アル」

いつもは恥ずかしくて言えない告白。でも、どうしても伝えたくなって必死に言葉を紡《つむ》ぐ。

もっと自分も頼ってほしい。頼れるアルベルトも好きだけれど、こうやって肌を重ねるときに見せる、ちょっと余裕のなさそうな彼も好きだから。

「は……エミリア。僕も、好きだよ……愛してる。だから……ダメだよ。そんなに無理したら……僕はエミリアを大切にしたいんだ」

アルベルトは困り笑いでそう言うと、片手でエミリアの頭を抱え、唇を寄せた。

腰を打ちつけつつ、舌を絡める深いキスをされる。より深く繋がる体勢を取り、エミリアはくぐもった声で喘《あえ》ぐ。

「んんっ、んぅ、ふ、ン」

幸せで、寂しくもある。気持ちよくて、苦しくて、もっと近づきたいと願うと涙が零《こぼ》れた。

「泣かないで、エミリア。大丈夫……もうすぐ、だよ……っ」

アルベルトはエミリアの目尻から零《こぼ》れた涙を親指で拭《ぬぐ》った。それから、彼女の身体をギュッと抱きしめて、首筋に唇を這《は》わせる。

「あっ、あ、あ……あぁっ」

すぐそこに迫った絶頂に、エミリアはアルベルトにしがみついた。

少しでいい。もう少しだけ、彼に近づけたら。

「あぁっ、やあっ、ダメ、もう……あン、ああっ」

アルベルトの昂《たかぶ》りの先端が、最奥を容赦なく突き上げた。彼が熱塊をすべて埋めて腰がピタリとくっつく度に、秘芽が擦れて快感の波に攫《さら》われそうになる。それを何度も何度も繰り返し、やがて、一層高い波がエミリアの思考を押し流した。

「あああぁ――――ッ」

「……んっ」

二人は同時に絶頂を迎え、アルベルトはエミリアの中に白濁を放《はな》つ。彼女の中が精をすべて搾《しぼ》り取ろうとしているかのように、いやらしくうねった。

アルベルトは腰を震わせつつも、エミリアの身体を離そうとはしない。まるで、何かから彼女を隠すみたいに……

＊＊＊

しばらくエミリアに覆《おお》いかぶさったまま呼吸を整えていたアルベルトは、まだぼんやりしている妻の頭を撫《な》でてベッドを下りた。

すぐに浴室からタオルを持ってきて、彼女の身体を清める。

いつもなら恥ずかしがってそれを拒《こば》むエミリアは、うとうとしていてされるがままだ。行為の疲れもあるだろうが、アルベルトがアロマと称して作った媚薬《びやく》のせいでもある。

今日のものは、少しずつ効くようにとキャンドル状にした。飲んだり、肌に触れたりしない分、効き方は緩《ゆる》やかなのだ。エミリアは最初の方で気づいたようだったけれど。

更に、今回は安眠効果のある薬草も混ぜた。

本当は前の二作も、消極的なエミリアを乱れさせたくて作った媚薬《びやく》である。行為の後、彼女はこんな淫《みだ》らな副作用がある惚れ薬はダメだと怒っていたが、あれは正当な薬の効果なのだ。

エミリアに寝衣を着せていると、左手がひんやりと冷たくなり、ぷくりと小さな泡が出た。ロレンツォからのボーラだ。

アルベルトはエミリアの様子を窺《うかが》いつつ、送られてきたボーラを自分の気で大きくする。

『アルベルト、今、大丈夫かな？』

「はい。ちょうどエミリアも眠ったところです」

微《かす》かな寝息を立てるエミリアの髪を撫《な》で、ロレンツォに答えると、彼のため息が聞こえてきた。

『本当に、話さなくていいの？　エミリアは、気づいているんでしょう？』

「いいんです。どちらにしろ、明日にはすべて解決します」

エミリアがアルベルトの言動に疑問を持ち始めたことには気づいている。

だが、彼女に心配をかけたくないし、危険な目に遭《あ》わせたくない。

エミリアがクラドールとして頑張ろうとしているときに、余計な憂《うれ》いを与えたくなかった。それでなくとも、アルベルトが状況を読み違えたばかりに、彼女を傷つけてしまったのだ。

本当はもっと穏便に、スマートに解決するつもりだった。

診療所はアルベルトを主治医として登録してあるから、エミリアを狙うことはないと高を括《くく》っていたのだ。魔女の言い伝えにあまり真剣に取り合わなかったせいでもある。

「それよりも、オスカル・スコットの動向は？」

『それがね、ジータ・スコットが体調を崩したのは本当みたいで、今は屋敷に籠《こ》もっているよ』

「まさか、あんなに溺愛している一人娘にそんな危険なことを……？」

アルベルトは眉を顰《ひそ》め、怪訝《けげん》そうな声を出した。

アルベルトとロレンツォがスコット家を訪ねたのは昨日のことだ。オスカルは聞く耳を持たず、ジータには会わせてもらえなかった。

二人はジータの体調不良は狂言で、オスカルがエミリアを魔女だと印象付けるために仕組んだのだと思っていたのだが……

『いいや。あんなに溺愛している娘を犠牲《ぎせい》にするとは考えにくいし、屋敷に匿《かくま》うなら狂言でも十分だったはずだ。グイドの方がオスカル・スコットの性格を利用したと考えるのが自然だろうね。そもそもハーブには毒がすでに仕込んであったみたいだし……』

先日、エミリアはジータの想い人がクラドールなのだと教えてくれた。アルベルトが隣町へ行ったとき、ジータは一人で湖にいて、その人に会いに行った帰りだったらしいとも。

「それなんですよ。一体いつ……？　大体、ジータ様はグイドの協力者ですよね？　だったら、そんな不意打ちをする必要なんてないのに」

アルベルトは、ジータが惚れ薬の依頼をしたのは父親であるオスカルの陰謀で、彼がファネリ診療所で変な薬を作っていると噂《うわさ》を流し、信用を落としたいのだと思っていた。

オスカルはグイドのことを信頼しているようで、アルベルトたちがラーゴに引っ越してくることや診療所を開くことに消極的だったからだ。現に、彼は一度もファネリ診療所を訪れたことがない。

何かあるときは、隣町まで出向いているらしい。

しかし、エミリアの話を聞いて、ジータが繋がっているのはオスカルではなくグイドなのかもしれないと考え直した。

『そうなんだけど……ジータ・スコットが間に入ってややこしくなってしまったね。オスカル・スコットとグイドの繋がりを証明しないと、二人を処罰対象にすることは難しい』

アルベルトたちは、グイドがオスカルを利用してファネリ診療所を追い込もうとしていると睨《にら》んでいる。

オスカルは元々魔女の言い伝えを恐れていたし、エミリアの行動について悪意を持って吹聴《ふいちょう》すれば、すぐに信じてしまうだろう。そこに、愛娘の毒殺容疑がかかれば尚のこと、我を忘れて権力を振るってくれるはずだ。

湖を縁起《えんぎ》の悪いものとしていたオスカルは、その近くにファネリ診療所を建設することにも反対していた。アルベルトたちを追い出したかったとしてもおかしくはない。

「わかりました。とにかく、明日クラドール協会へ行きましょう。薬の調査結果も出ていますし、少なくともグイド先生のことは告発出来ます。スペルティ診療所の中を探せば、何か手がかりがあるかもしれません」

『そうだね。それじゃあ、明日』

アルベルトはボーラを割った後、もう一つのキャンドルをベッドサイドに置き、ベッドへ潜《もぐ》り込む。

明日、エミリアを傷つけようとするものを排除出来るはず――

＊＊＊

――ダメだよ。そんなに無理したら……

アルベルトの困った顔が瞼《まぶた》の裏に焼きついている。

鮮明な彼の表情とは対照的に、その他の景色は真っ暗で、ふわふわとした感覚が付き纏《まと》う。身体は動かないのに、映像は認識出来ていた。その状況に、エミリアは自分がまだ夢と現実の狭間《はざま》を漂《ただよ》っているのだとぼんやりと理解する。

――僕はエミリアを大切にしたいんだ。

わかっている。エミリアのことを守ると約束してくれたアルベルトは、それを違《たが》えることはないと。

(でも、違うの)

エミリアが望むのは、何も知らされず守られているだけの関係じゃない。

何でも話し合って、助け合いたい。エミリアだって、アルベルトを守りたいのだ――


エミリアが目を覚ますと、もう日は高く上っていた。

彼女はぼんやりする頭を押さえ、ベッドサイドのキャンドルに視線をやる。今朝も少し燃やしたらしく、受け皿には溶けた残骸《ざんがい》がくっついていた。

また変な副作用を入れてくれたものだ。いや、おそらく副作用ではないのだろう。アルベルトは改良する気がなかったし、する必要もなかったのだ。

それに――

「……やっぱり」

溶け残ったキャンドルに指先で触れ、匂いを嗅《か》ぎ、すぐに魔法で中和する。

エミリアがこんなに眠ってしまったのは、キャンドルに含まれている睡眠を促《うなが》す成分のせいだ。

アルベルトは意図的にエミリアを診療所に縛《しば》り付けようとしている。そして、おそらく今日、このラーゴで起こっている騒動に終止符を打とうとしているのだ。

エミリアが目覚めれば、アロマのことに気づくというのはわかっているはずだから、もう隠し通すつもりがない――すべて解決した後に話してくれる気なのだろう。

エミリアは両頬をパチンと叩いて、ベッドから抜け出した。少し身体の動きが鈍《にぶ》い気もするが、自分で治療魔法を施《ほどこ》しておけば大丈夫だ。

（アルの後を追いかけなくちゃ……！）

クローゼットから動きやすさ重視のドレスを取り出し、素早く着替える。フードのついたマントは少々暑いが、仕方ない。

エミリアは一応ロレンツォの監視下にあり、一人で出かけるのは許されていないため、少しでも変装をしたほうがいいだろう。

身支度を整えた後、軽くパンで腹ごしらえをして、診療所へ下りた。

（ちょっとだけ……）

念のためアルベルトの調査の詳細がわかる手がかりを探そうと、研究室へ寄ってみる。

棚や引き出しを開けて資料を流し読みしてみるが、エミリアも把握している内容ばかりだ。

実験器具に何かが残っていないか確認しようと、ビーカーやフラスコを丹念に調べてみる。けれど、当然ながら魔法消毒まで済ませてあるため、何も残っていなかった。

あとは、庭で栽培している薬草も——そう思い、エミリアが研究室から出ようとしたところ、突然ドンドンとドアを叩く大きな音がした。同時に、人々の叫び声が聞こえてくる。

エミリアは驚きつつも、急いで入り口へ向かい、覗き窓からそっと外の様子を窺《うかが》った。

すると、町の人々が診療所に向かって石を投げつけたり、看板を塗り潰していたりするのが見える。

「そんな……」

エミリアは診療所を守らなければという思いに駆られ、ドアを開け放《はな》った。

「や、やめてください！」

エミリアが大声で訴えると、驚いた住民たちが後ずさる。しかし、すぐに皆エミリアに罵声《ばせい》を浴びせ始めた。

「――っ！　出たな、魔女め！　ラーゴから出て行け！」

「俺たちを騙《だま》したな！」

「このインチキクラドール！　ハーブに毒を混ぜて、俺たちを殺すつもりだったんだろう！」

「そんなっ！　毒なんて混ぜていません。それは、昨日クラドール協会の方が証明して――」

「嘘をつくな！　ジータ様を診察したグイド先生が調べたんだ！」

エミリアは愕然《がくぜん》として入り口に立ち尽くした。

そんなはずはない。アルベルトは昨夜、毒は検出されなかったと教えてくれた。ロレンツォもそれは証明してくれるはずだ。

「私も危うく殺されるところだったよ！」

「きゃっ」

卵屋の奥さんが、いつかエミリアがあげたハンドクリームを彼女に投げつける。エミリアは思わず目を瞑《つぶ》ったが、痛みはなく、代わりにパシャリと水しぶきがかかった気がした。同時に人々から
「うわぁ！」と恐怖の声が上がる。

エミリアが目を開けると、ハンドクリームの瓶は診療所の外に転がって割れ、中身が出てしまっていた。その近くに立っていた女性の足に割れた瓶の破片《はへん》が掠《かす》ったらしく、血が滲《にじ》んでいる。

「やっぱり魔女だ！　変な魔法を使いやがって！」

「わ、私は何も――」

「嘘をつけ！　じゃあこれは何だ！」

彼らが指差すのは、診療所のドアがある場所――内と外の境に水の幕がかかっている。

（誰の魔法……？）

エミリアは魔法を使っていない。アルベルトもロレンツォもいない今、自分を守ってくれそうな人間はこの中にいないし、エミリアは混乱して固まる。

水の幕はすぐに消えたが、人々の怒りと恐怖はますます高まってしまったようだ。

「おい、大丈夫か！」

怪我をした女性に男性が駆け寄り、他の人々はエミリアに野次を飛ばし続ける。中には石や、彼女が今まで処方した薬を投げつけてくる人もいる。

「や、やめてください！　お願い！」

だが、それがエミリアにぶつかりそうになる度に水の幕が彼女を守り、人々は次第に怯《おび》えた様子に変わっていった。

エミリアはその魔法の出所がどこなのか探そうと、目を凝《こ》らす。

しかし、謎の魔法に守られてはいても、目の前に物が飛んでくると反射的に目を瞑《つぶ》ってしまって、なかなか魔法の出所を見つけることが出来ない。

魔法が得意な人々は意識を集中させれば感知出来るらしいが、エミリアは治療以外の魔法は基本的なものしか使えず、魔法の気配で術者を探すのは困難だ。そもそも、人数が多すぎる。

でも、この中にエミリアを陥《おとしい》れようとしている人がいるのはわかる。

「こいつ、呪文も唱えていないのに！　何なんだ！」

魔法を呪文なしで使えるのは、軍人や特別な教育を受けた王族・上流貴族などだ。

こんな田舎《いなか》で、クラドールとして働いているはずのエミリアがそんなことをしたら、不審極まりない。

エミリアを魔女ではないかと疑っていた人々には、ますます彼女が魔女に見えるだろう。

「誤解です！　私、魔法なんて使ってな――きゃっ!?　は、話を聞いて――」

エミリアは必死に叫ぶが、もはや誰一人エミリアの言うことを聞こうとせず、物を投げ続ける。

どうしてこんなことになってしまったのか。

（お、落ち着いて……っ）

エミリアは涙目になりながらも、心の中で自分を叱咤《しった》して、意識を集中させた。魔法の気配は人垣の中から感じられる。

他の人々に気取られずに魔法を使うには、特に感情的になっている人々の中に紛れた方がやりやすいだろう。注意を自分に向かせないためだ。

前の方にいたのは、彼女が診《み》たことのある人ばかりだった。

だったら……

エミリアは、物が飛んでくる合間に少しずつ目を開き、何とか最前列の向こうの人々を観察しようと努めた。

若い人、お年寄り、背の高い人、低い人……彼らの髪の色。ほんの一回の瞬《まばた》きの間ではわかりやすい特徴くらいしか掴めない。彼らが怒っているのは一様だし……

(あっ!)

遠くの人々も探るうちに、一人だけ表情が違う人がいたことに気づき、エミリアは再びその人がいた辺りを見ようと目を開いた。背の高い、黒い髪の男の人だ。

「お前たち! やめなさい!」

だが、その直後に一際大きな怒声が響き、ピタリと騒ぎが収まる。

エミリアが声の方を見ると、人々の間から杖をついたガブリエラが近づいてくるのが見えた。

「お、おい。ガブリエラさん、近づいたら――」

「うるさい!」

一人の男性が手を伸ばし、引き止めようとするのを一喝《いっかつ》して、ガブリエラは歩き続ける。

「で、でも、あの女は魔女で……悪人だよ!」

「たった一人の娘にこんな大勢で群《むら》がって、物を投げつけて、どっちが悪者だい! エミリア先生、大丈夫かい?」

「ガブリエラ、さん……」

恐怖と安心感の混じった複雑な気持ちで咄嗟《とっさ》に声が出ず、エミリアは何度も頷いた。

「あんたたちは仕事を放っていないでサッサと帰りな！」

ガブリエラはエミリアの前に立ちはだかって、人々を手で追い払う。

物を投げつけることはやめたものの、人々は納得が行かない様子でその場を動こうとしない。

「魔女、魔女って……あんたたちはいつまでも子供かい？　噂《うわさ》なんかに振り回されていないできちんと証拠を集めてきな！」

「でも、ジータ様が毒を盛られたっていうのは証明されてるぞ」

一人の男性が不満そうに、カブリエラに反論する。

「なら、問題ないだろう。エミリア先生の処罰はクラドール協会の人に任せるんだね。悪いことをしたら、相応のお咎《とが》めがあるんだ。だが、それを下すのはお前たちの仕事じゃない。これはただの虐《いじ》めさ。恥を知りな！」

年長者の喝《かつ》が効いたのか、人々は渋々といった様子で踵《きびす》を返し始める。

「あ……！」

エミリアは思わず一歩踏み出して、彼らを呼び止めかけた。しかし、今何かを言えば、せっかく収まりかけた事態を悪化させてしまうかもしれない。

それも、誰かが魔法を使ってエミリアを陥《おとし》れようとしているなんて内容では。

エミリアは諦めにも似た気持ちで彼らの後ろ姿を見送った。犯人がわかれば、自分を魔女に仕立てようとする理由や、ジータやオスカルのこともわかると思ったのだが。

卵屋の奥さんや魚屋さんの後ろ姿もどんどん小さくなっていく。その前を歩く人々はもうよく見えない。二、三人、長身の人がいて、少し目立つけれど……

（あれ……？）

先ほどエミリアが違和感を覚えた、背の高い黒髪の男性がいなかった。一番後ろにいた気がしたのに……見る限り、彼らの中に黒髪はいない。

ふと、湖が気になってそちらに目をやったけれど、やはり誰の姿もなかった。

だが、どうしてだろう。湖の方で何かが動いた気がしたのだ。そういえば、ガブリエラに魔女の話を初めて聞いたときにも僅《わず》かな気配があったような……

もやもやした気持ちが湧いてきて、エミリアは眉根を寄せた。

「ごめんね。エミリア先生。私はエミリア先生が毒を盛ったなんて信じちゃいないが……」

ガブリエラは、彼らを退《ひ》かせるためにエミリアの疑いを肯定した形になったことを気にしているらしい。

彼女の声にハッと我に返ったエミリアは、「いいえ」と首を横に振って、頭を下げた。

「ガブリエラさん、本当にありがとうございました。アルは今、クラドール協会から来た先生と出かけてしまっていて……」

「いいや。こちらこそごめんね。皆が迷惑をかけて……怖かっただろう？」

待合室のソファに並んで座り、二人してはぁっとため息をつく。エミリアのそれにはガブリエラに助けてもらったことの安心感、ガブリエラのそれには呆れが含まれている。

「……魔女の噂《うわさ》なんて、馬鹿馬鹿しいと思うだろう？　すまないね、エミリア先生」

ガブリエラは申し訳なさそうに頭を下げる。エミリアは慌てて彼女を止めた。

「謝らないでください。ガブリエラさんは何も悪くありません」

「そんなことないよ。町の言い伝えなんてものは、口伝《くでん》だから……皆が魔女にこだわるのは、それを伝えてきた年寄りの私に責任があるさ」

ガブリエラは再び大きくため息をつく。

「元々、皆だって子供をちょっと脅《おど》かすのに便利なものくらいにしか思ってなかったんだ。でも、前領主夫妻が海で亡くなって、その後すぐにジータ様の母親も水の事故で……その辺りから、皆――特にオスカル様が湖の魔女を恐れ始めたのさ」

前領主夫妻は、船旅の途中、海賊に襲われて船を沈められたそうだ。ジータの母親でオスカルの妻だった夫人も、足を滑《すべ》らせて湖に落ち、亡くなったとか。

「直接の原因は、突然冷たい水に入ってしまったショックが心臓に来たことらしいんだけどね。マーレ人が水の精に見放《はな》されるなんて、そうそうあることじゃないからさ」

そう言ったガブリエラは、眉を寄せて言葉を続けた。

「たまたま、その年は雨も少なくてね。それで、まぁ……悪いことが続くと何かのせいにしたくなるのが人間の性《さが》なのかねぇ。すぐにそこの湖で、魔女の呪いを祓《はら》うんだって昔から伝わる儀式をやったんだ」

そうしたら、翌日には雨が降った。

「おかげでピタリと不幸がなくなったと言うけど、事故なんてそんなに続くもんでもなし……私からしたら、偶然の域《いき》を超えないよ」

しかし、偶然も重なれば現実味を帯びるものだ。特に、オスカルは身内を立て続けに亡くしたことで、魔女は本当にいるのだと思い始めたらしい。

町の人々の間にも、まさかと思いつつも笑い飛ばすことは出来ない雰囲気が広がってしまった。

「で、今回はジータ様だ。一人娘だし、奥さんの忘れ形見だろう？　オスカル様は過保護でね……しかも元々、この診療所を開くことにも反対していたんだ。こんな湖の近くに命に関わる建物を作るのは縁起《えんぎ》が悪い、隣町のスペルティ診療所だけで十分だって」

けれど、町の人々は曖昧《あいまい》な言い伝えよりも利便性を選び、結局賛成多数でファネリ診療所が出来たのだ。

「だから、ジータ様の具合が悪くなった原因がエミリア先生のハーブティーかもしれないってなったとき、頭に血が上ったんだろう」

「でも、さっき皆さんが、ハーブから毒が出たって……アルは何もなかったって言っていたんですけど、何がなんだか……」

そう言うと、ガブリエラもすでにその事実を知っているらしく、眉根を寄せて苦々しそうに頷いた。彼女の表情に、エミリアは慌てて否定する。

「だけど、私、毒なんて入れていません！」

「心配しなくても、わかっているよ」

ガブリエラは目を丸くした後、フッと笑ってエミリアを宥《なだ》める。

「エミリア先生がハーブティーを分けてあげたのは、ジータ様だけじゃない。私だって、もらって飲んだことがある。仮にエミリア先生がジータ様だけをどうこうしたかったとして、理由は何だい？」

「そんな……ジータ様を傷つける理由なんてありません」

エミリアは本当にジータの体調が心配だっただけだ。

正直に言えば、やっかいな依頼を持ってきた令嬢だとは思っていたけれど、だからと言って毒を盛るほど怒ったり恨んだりということはない。

「私もそう思うよ。大体、ジータ様はエミリア先生とは数回しか会ったことがないだろう？　二人の間に因縁《いんねん》が生まれる可能性は低いからね。そうしたら、他に考えられるのは……ジータ様が熱を出したフリをして診療所を困らせてやろうって悪戯《いたずら》か、本当にジータ様を恨んでいる人がエミリア先生に罪を擦《なす》り付けようとしているか……」

そう言いつつ、ガブリエラは考える素振りを見せる。

「でも、ジータ様が熱を出したのは本当みたいなんだよ。グイド先生がスコット家に入って行くのを見た人もいるし、あそこの使用人が慌てて迎えに出たって話だし」

彼女の言葉を聞き、エミリアは思わず息を呑んだ。

ガブリエラの予想がどちらかだとして、後者の方が可能性は高い。ジータに恨みを持つ人間がいるかどうかは知らないが、理由は何であれエミリアに罪を着せたいのだ。アルベルト達の会話とも辻褄《つじつま》が合う。

そこまで考えて、エミリアはおずおずとガブリエラに問いかける。

「あ、あの、さっき、診療所の入り口で魔法を使っていた人……誰だったかわかりますか？」

「魔法……？」

「はい。私は魔法を使っていなかったのに、皆さんから石を投げられていたときに水の幕が守ってくれて……でも、あんな状況で私が呪文も唱えずに魔法を使っているように見えたら……」

エミリアの話を聞いて、ガブリエラの表情が険しくなっていく。

「誰かが事態を悪化させるためにやったってことかい？」

「そうかもしれないと……私は、元々魔法感知は得意ではありませんし、魔法の出所を突き止めることは出来なかったんですけど……」

「そうだったのかい。あの人数じゃあ難しいね。私も年だし、そういう感覚は衰《おとろ》えてしまってるんだよ」

きっと犯人もそれをわかっていて魔法を使ったのだ。町の人々の注意はエミリアに向いていたし、ラーゴの人々に魔法感知が出来る者はいないことを知っていてわざと……

「あの、じゃあ背が高くて黒髪の男の人、誰だかわかりますか？　少し長めの髪で、瞳の色も黒だったと思うんです」

自分で聞いておいて、エミリアは大きくため息をついた。

じっと見ることが出来たわけじゃないし、特徴といっても当てはまる人がたくさんいそうなものばかり。こんな情報では特定が難しい。

「あ、あの、ちょっと怖い顔をしていた……かも……」

エミリアの言葉は尻すぼみになってしまう。

そりゃあ、自分に憤慨《ふんがい》している人が集まっていたのだから、皆が怖い顔をしていたに決まっている。

エミリアは再びため息を吐き出して、唸《うな》った。もっとわかりやすい特徴がなかったか思い出そうと、先ほど見た風景を思い起こす。

そういえば、何となく男性に見覚えがあるような気もした。さほど特徴的な人ではないのに気になったのは、既視感を覚えたからかもしれない。

（診療所の患者さんではなかったと思うし……）

一度でも診療所に来た人であれば、もう少し鮮明に記憶に残るはずだ。

薬草摘《つ》みに行くときは、人気《ひとけ》のない場所が多いし、この前もジータにしか——

（あ……）

ジータに会って、ハーブティーとクリームを届けに行く途中、市場を通った。そこで、余所見《よそみ》をしていたエミリアは、黒髪の男性にぶつかってしまったのだった。あのとき、持っていたハーブティーを落とし、彼が拾ってくれた。

「背が高くて、長い黒髪で、怖い顔……この辺にはよくいるけどね。私が一番に思いつくのはグイド先生だよ」

ガブリエラはそう言って、カラカラと笑う。

「まぁ、よくお世話になっていたからすぐに浮かぶだけだがねぇ。その人がどうかしたのかい？」

「いえ、あの……さっき集まっていた人の中にいたんですけど、誰だかわからなくて」

正確には、いたと思ったのだが消えていたと言うべきか。

エミリアも自信がなくて、考え込んでしまう。そんな彼女に、ガブリエラが不安そうに問いかけた。

「もしかして、魔法を使っていたっていう？」

「いえ、そこまでは……」

エミリアから遠い場所に立っていたこともあって、彼から魔法の気配までは感じ取れなかった。

「でも、グイド先生か。あり得なくもない話だね。こう言っちゃあ悪いけど、グイド先生は狡猾《こうかつ》っていうか、損得主義みたいなところがあるから」

「どういうことですか？」

エミリアが問うと、ガブリエラはううんと唸《うな》って口を開く。

「グイド先生はちゃんともらうものはもらう人で……まぁ、診察料が高いんだよ。ここら辺で唯一の診療所だから、皆通っていたけどねぇ」

診察費や薬の料金は、ある程度の規則はあるが、各々《おのおの》の診療所で設定出来るようになっている。

薬の料金は主に、薬草の仕入れや栽培費用によって変動した。

薬草を買い入れている場合は、その費用を賄《まかな》わなければならないが、自分で薬草栽培が出来るクラドールはその分安く薬を提供出来る。

診察についても高度な治療魔法を必要とする場合、クラドールの負担が大きいため、価格を高めに設定する人もいるのだ。

「でも、ファネリ診療所は良心的な価格だし、安くてもよく効く薬を出してくれる。だから、ラーゴの人間は皆がファネリ診療所に移ったのさ」

必然的に、グイドの患者が減ることになる。

「じゃあ、患者さんを取り戻すために？」

「そうだね。今回の件で皆またスペルティ診療所に通うなら、グイド先生にとっては〝得〟になる。ただ、グイド先生は一人で診療所を切り盛りしているから、わざわざ隣町まで通ってこんなことをするかは疑問だねぇ」

確かに隣町とはいえ、歩いてくれば往復一時間弱はかかりそうだ。馬車を頼む程の距離でもないし、頼むにしても手間がかかるので、時間的にはさほど変わらなくなる。

ふぅっと一息つくと、ガブリエラは緩慢《かんまん》な動きで立ち上がった。

「何にせよ、ちょっと町の皆も過激になっているね。さっきみたいなことになったら危ないし、アルベルト先生にちゃんと相談するんだよ。私もそろそろ帰らないと、今日は息子が帰ってくるって言っていたから」

「あ、はい。ありがとうございました」

エミリアもお礼を言いつつ立ち上がり、ガブリエラを診療所の外まで見送る。

杖を突きながらゆっくり歩いていくガブリエラの後ろ姿を見つめ、エミリアは独り言を呟く。

「グイド、先生……」

エミリアはグイドの顔を知らない。

もし、市場でぶつかった人と今日の黒髪の男性が同一人物でグイドだとしたら、辻褄《つじつま》は合う。

長年隣町で診療所を開いているのなら、ラーゴのことにも詳しいはずだ。ファネリ診療所を潰すために、魔女の言い伝えを利用する事だって出来るだろう。

それに、ジータは想い人がクラドールだと言っていた。

彼女は頻繁に屋敷を抜けて彼に会いに行っているようだったし、相手も彼女の気持ちを知っている。

グイドがジータの片想いの相手だと仮定すれば、いろいろなことの説明もつく。

彼がジータの想いを知っていたら、彼女の気持ちを利用することだってあるかもしれない。

ジータは彼の気を引きたくて仕方がないのだ。彼の頼みを聞くことは彼に近づけるということ。またとないチャンスだと思うに違いない。

ジータの協力が得られれば、グイドがラーゴまで来る余裕がなくても、こちらの状況を把握出来るし、彼女に噂《うわさ》を流すよう指示することも可能だ。現に、エミリアはジータがグイドに会って来たらしい日に彼女に遭遇《そうぐう》している。

二人が繋がっている可能性は十分にあった。

そうなるとジータの体調不良は狂言だろうか。しかし、それではオスカルがあれだけ激昂《げっこう》していたことに合点《がてん》がいかない。

彼はジータが一晩中うなされていたと言っていたし、いくら元々エミリアの悪い噂《うわさ》があったとはいえ、確認もせずに怒鳴り込んでくるかは疑問だ。

あの日のオスカルは、相当頭に血が上っていた様子に見えた。それも演技だというのなら別だが……

（確かめなきゃ）

ここまで推測したら、あとは自分で確認するしかない。

アルベルトとロレンツォも、スコット家の屋敷に通っているはずだ。エミリアも出来ればジータに会いたかった。

オスカルに話を聞いてもらうことは難しそうだけれど、執事のカルロならば取り合ってもらえるかもしれない。彼は、冷静で筋の通った人だったし、ハーブの管理をしていたようだから話を聞きたい。

エミリアは、診療所のドアを施錠してマントのフードをかぶった。

アルベルトに相談するように忠告してくれたガブリエラには、心の中で謝っておく。

エミリアは足早に診療所を離れた。ガブリエラと顔を合わせずに済ませるため、彼女が使っていた道とは違う道を選んで走る。少々遠回りになってしまうのは仕方がない。

やがて、屋敷までの距離を半分ほど行ったところで、向かいから人がやってくるのが見えて、思わず横道に隠れた。

この道は人通りがほとんどなく、フードをかぶっているとかえって目立ってしまう。かといって、フードを取ればエミリアだと一目でわかってしまうので都合が悪い。

今、誰かに見つかるのはよくないだろう。

エミリアは伸びた雑草の中にしゃがみ、人が通り過ぎるのを待つことにした。

パタパタと土を踏む音が近づいてくる。その人も少し急いでいるようで、足音の間隔は短い。

エミリアは目を凝《こ》らして、雑草の隙間から誰が通り過ぎるのかを観察した。

（……ジータ様？）

茶色の長い髪を揺らして駆けて行くのは確かにジータだ。彼女はいつもの派手なドレスではなく、エミリアが羽織《はお》っているのに似たローブをはためかせている。

彼女はまだ体調が悪いらしく、口を引き結び、苦悶《くもん》の表情で走り過ぎた。

また一人で屋敷を抜け出して——つまり、彼に会いに行くつもりなのだ。

（追いかけなくちゃ！）

ジータがグイドに会いに行くのなら、真実に辿り着けるかもしれない。彼女の苦しそうな様子も心配だ。

ジータと十分な距離を取りつつ、エミリアはもと来た道を引き返して彼女を追う。

エミリアの追跡は素人《しろうと》そのものだったけれど、ジータが切羽詰《せっぱつ》まっていたことが幸いしてか、気づかれずに済みそうだった。

ジータは振り返りもせず、一目散に隣町への道を駆けていく。

（やっぱり……）

だんだんと推測が確信に変わり、エミリアの心も足も重くなる。

行き先が予測とほぼ違わないと思い、エミリアはジータとの距離を十分に保ちつつ、彼女の後を追った。

スペルティ診療所の場所は、エミリアも知っている。実際に行ったことはないけれど、ラーゴと隣町を繋ぐ道は二本しかない。スペルティ診療所はそのうちの一本に沿った場所にあり、ラーゴとの町境より徒歩で五分ほどの距離だ。

ジータとエミリアが今通っている道は、診療所に繋がっていない方の道なので、どこかで道を変えなければ……

エミリアは次に差しかかった分かれ道で、ジータとは違う方向へ行き、駆け出した。

この道を行けば、もう一本の大きな道に出られるはずだ。そこからスペルティ診療所まで行き、裏口など見つかりにくい場所から近づいて、ジータを待ちたい。

（うまく隠れられる場所があるといいけど……）

エミリアは急いでスペルティ診療所を目指し、やがて見えてきた看板の文字を確認すると、再び道の外れに入った。

スペルティ診療所にも小さい庭があるのが見える。その先のドアが裏口に違いない。

エミリアはしゃがみ込んで姿を隠しつつ、診療所へそっと忍び寄った。

そして壁に張り付き、診療所の入り口の横まで移動してジータを待つ。

ややあって、彼女が駆けてくるのが見えたので、エミリアは身体を引き、見つからないよう息を潜《ひそ》める。

これで、二人が繋がっていることは確実になった。

エミリアはこっそり呪文を唱え、小さなボーラを作り出した。それをふわりと浮かべ、診療所の入り口近くに茂《しげ》る葉にくっつける。

これで少しだけ、彼らの会話をボーラに閉じ込めることが出来るのだ。

間もなく、ジータがドアを叩く音が響く。しかも、普通に訪問するときのノック音ではなく、ドンドンと激しい叩き方だ。

「グイド先生！　いるのでしょう！」

ジータは息を切らしつつも大きな声で叫ぶ。

彼女はなぜこんなに焦っているのか。ラーゴからの道のりもかなり必死に走っていた。

エミリアが疑問に思っていると、ガチャリと音がした。診療所の中からグイドが出てきたのだろう。

「一体どういうことか、説明してください！」

「――」

興奮気味なジータと比べ、グイドは冷静なようで、彼の声は聞こえない。

そう言えば、彼は無愛想だとガブリエラが言っていた。愛想があるかどうかまでは判断出来ないが、感情があまり表に出ないタイプなのかもしれない。

「なっ!!　白々しいですわ！　私に毒を飲ませるなんてひどいではありませんか！」

ジータの言い方から察するに、彼女が熱を出したのは狂言ではなかったらしい。

しかし、その件はジータにとっても不意打ちだったようだ。

二人は協力関係にあると思っていたエミリアは、眉間に皺《しわ》を寄せた。

「――」

相変わらず、グイドの声はよく聞こえない。

彼の言葉を聞きたくて、エミリアは身体を移動させた。すると、淡々とした男の声がしっかりと耳に届く。

「貴女《あなた》は私の助けになると仰《おっしゃ》いました。あれは嘘だったのですか？　それに、治ったのですからいいでしょう」

「私は、診療所のことでお手伝い出来ることがあればと言っただけで……」

「ええ。これは診療所に関わることです。私は約束を違《たが》えてはいません。ですが……」

グイドが言葉を途切れさせた瞬間、エミリアの身体が硬直した。

見えなくともわかる。グイドの視線が、診療所の建物の角で盗み聞きするエミリアに向いているのだ。

その殺気にも似た威圧感で、エミリアは動けない。

「手伝うどころか、貴女《あなた》は足手まといです。魔女を連れてきて、私に毒殺未遂の罪を着せようなんて」

「きゃ……！」

グイドがぼそぼそと呟くと、エミリアの身体に細長い水が巻きついた。

そのまま思い切り引っ張られ、グイドとジータの間に倒れ込む。壁に擦った足が焼けるように痛い。また地面に打ち付けられたことで、全身に鈍痛が走る。

「エミリア先生！　どうしてここに……」

「貴女《あなた》が疑われたのです。私と結託して彼女を罠に嵌《は》めたと」

上で、困惑したジータと怖いくらい冷静なグイドの会話が交わされる。

「わ、私はそんなつもりじゃ……！」

「そんなつもり、とはどちらのことを指しているのでしょう？　私に協力したことですか？　それとも、エミリア先生を連れてきたことですか？　まったく、色恋沙汰になると女性は感情的になるので困ります。危うく私の方が追い出されるところでした」

ジータの想い人である張本人が、彼女の気持ちを馬鹿にした発言をしたことに腹が立ち、エミリアはグイドを睨《にら》みつけた。

背が高くて、長めの黒髪で目は細く、表情はほぼない。

パッと見はどこにでもいそうな男性だが、やはり彼だ。市場でぶつかったのも、野次馬に紛れていたのも。

「ですが、そのおかげでまたいい案を思いつきました。よかったですね、ジータ。貴女《あなた》も私の役に立てますよ。だからといって、私が貴女《あなた》に応《こた》えることはありませんが」

どこまでも抑揚《よくよう》のない、冷たい声である。

再びグイドが呪文を唱え、ジータが悲鳴を上げた。

ハッとして見れば、彼女にも水の縄が巻きついている。更にグイドがポケットから出した小瓶の液体を水に混ぜると、ジータは一瞬苦しそうな呻《うめ》き声を上げて、ぐったりと動かなくなってしまった。

「な、何をするの！」

エミリアが叫んだところ、グイドは彼女に視線を移してしゃがみ込んだ。顎《あご》をクイッと持ち上げられる。

「私が治療して回復したジータが、毒を盛った犯人だという貴女《あなた》と同時に姿を消す。私はますますオスカル・スコットに信頼され、貴女《あなた》が魔女だという噂《うわさ》はいっそう信憑性《しんぴょうせい》が高くなりますね」

そう言って、グイドは白衣のポケットから新たな小瓶を取り出した。

エミリアは恐怖に戦慄《わなな》く。

「心配しないでください。さすがに殺してしまっては、死体が見つかってしまったときに言い訳が出来ません」

ポン、と小気味よい音を立てて蓋《ふた》を外された小瓶が、エミリアの口元に近づいた。

「とりあえず、しばらく大人しくしていてください。急いで薬を調合しますので、そちらを飲んでいただきます」

「んんっ！」

小瓶を唇に押し当てられ、薬が流し込まれそうになる。

エミリアは固く口を引き結んで拒《こば》んだが、顎《あご》を掴んでいた手に鼻を摘《つま》まれ、息が出来なくなってしまった。

「んぅ……っ、は、ぐ……！」

口を開けてはいけないと理解していても、苦しさには勝てず、酸素を取り込もうと開いた口に液体が流れ込む。

「うぐっ、ケホッ……」

吐き出そうにも、グイドに顔を固定されていては叶わない。

液体はじわじわと喉《のど》に染みていき、息苦しさから解放されたい本能で、エミリアは意思に反してそれを嚥下《えんげ》してしまう。

グイドが手を離したところでようやく残りを吐き出せたものの、効き目の強い薬らしく、激しい眩暈《めまい》に襲われた。

身体の中までぐにゃぐにゃと歪《ゆが》んでいるみたいで気持ちが悪い。咳き込んだせいで、更に頭にガンガン響く。

薬の効果を打ち消す魔法を発動しようとしても、激しい嘔吐感《おうとかん》で呂律《ろれつ》が回らない。

「うっ……」

グイドはエミリアが動けなくなって満足したのか、それ以上何も言わず、ジータの身体を乱暴に診療所へ放り投げた。

だんだん意識が薄れていくエミリアも、中へ引きずり込まれてしまう。

ぼんやりとグイドの革靴が見え、ドアの向こうの光が異様に眩《まぶ》しく思えた。

その光が細くなり、診療所のドアが閉められたのと同時に、エミリアの意識も真っ暗な闇に沈んでいった。

＊＊＊

――それより少し前。

アルベルトはロレンツォと共に、城下町にあるクラドール協会本部へ来ていた。グイド・スペルティの薬物開発違反に関する報告をするためだ。

少々時間がかかってしまったが、研究の結果、十分に証拠になるものが得られた。

ロレンツォが予《あらかじ》め手配しておいてくれた会議室には、監査委員と軍人が数人いて、アルベルトの報告書に目を通している。

「グイド・スペルティの処方していた風邪薬には、脳の神経に作用する毒草の成分が含まれていました。煎《せん》じ方や使い方によっては薬にもなりますが、今回の薬は記憶障害を引き起こすことが判明しています」

アルベルトがグイドの薬に疑問を抱いたのは、ラーゴに来てすぐのこと。

物忘れが激しいと零《こぼ》す人の多さに違和感を覚えたのが最初だった。

彼らが揃って、風邪を引いたときにスペルティ診療所へ行って薬を処方してもらった、数日するとそのことを忘れて診療所へ何度も通ってしまった、と言うのが気になったのだ。

それで、アルベルトはロレンツォに相談し、状況を調べていた。

患者さんの一人から手に入れることが出来た風邪薬を調べたところ、それに含まれる毒は微量だった。

おそらく実験のために少量ずつ入れていたのだろう。

「現段階では、命に関わったり重大な後遺症が残ったりする可能性は限りなくゼロに近いですが、それでも危険なことには変わりありません。また、グイド・スペルティがこの薬の研究について報告していないことから、隠蔽《いんぺい》していた——故意だと判断しました」

ロレンツォがアルベルトの言葉を引き継ぎ、事の重大性を説く。

「風邪薬の改良について報告を怠《おこた》った点、無断でそれを処方していた点は、明らかにクラドール協会の規則に違反しています。これだけなら監査の権限で処理出来ますが……協力者がいないかどうか家宅捜索をしたい」

「何か気になることがあるということでしょうか？」

軍人の一人が疑問を投げかけ、ロレンツォが頷く。

「ええ。薬品開発の資金援助についてです。普通、研究にはそれなりの費用がかかります。いろいろな薬草を、あらゆる方法で調合して試しますからね」

すでに調合方法が確立している薬とは違い、試行錯誤《しこうさくご》を繰り返す新薬研究は、当然無駄になってしまう材料も多い。

薬草栽培にも時間がかかるため、普通は必要なものを必要なだけ……つまり、完成品である薬ありきで何を栽培するか決める。グイドの場合は一人で診療所をやっており、栽培にかけられる手間も限られてくるので、自前栽培しているとは考えにくい。

そうなると、薬草は採取するか買うかになるが、採取に割《さ》く時間と必要な量を考えれば後者を選ぶだろう。そうすると、相応の費用が要る。

「ですが、グイド・スペルティは研究許可申請をしていない。つまり、普通なら支給される研究費がありません。それがどこから出ているのかを調べる必要があるというのが、私たちの見解です」

スペルティ診療所は診察料や薬代が他に比べて高い。その利益を使って……というのなら、罪に問うべきはグイドのみでよいが、援助者がいる場合はその人物にも罪が及ぶ。

「なるほど。では、早急に家宅捜索のための令状を手配しましょう。証拠もありますから、今夜にはスペルティ診療所へ小隊を派遣出来ます。クラドール監査の方の同行は一人でよろしいですか？」

「ええ。私が責任者ですので同行します」

軍人の問いにロレンツォが答える。

「わかりました。では、私たちは一度本部に戻って、令状の取得と小隊の編成をします。準備が出来次第、こちらに戻ってきますので貴方《あなた》も準備をしておいてください。では」

軍人はそう言うと、一礼して立ち上がった。アルベルトがまとめた報告書と証拠品の風邪薬を部下らしき男に手渡し、指示を出しながら部屋を出て行く。

扉が閉まった途端、ロレンツォはホッとした様子でアルベルトを見る。アルベルトも頷き返し、息を吐き出した。

自分が悪いことをしているわけではないのだが、無意識に緊張していたらしい。

「あとは、何か証拠が出てくるか、グイド先生が自白するかしたらいいんですが……」

アルベルトは痺《しび》れた手を軽く振りつつ、希望を口にする。

「そうだね。エミリアを魔女に仕立て上げようとしたタイミングや、ジータ・スコットの行動から見て間違いないと思うんだけど……イマイチ証拠が足りないからなあ」

これはまだ憶測に過ぎないが、おそらくグイドへ資金援助をしているのはオスカル・スコットだろう。彼は妙なほどグイドに肩入れしているし、急にファネリ診療所に関わってきた。

それに、彼らの文化を軽視するつもりはないが、魔女の噂《うわさ》について不自然な点が多いのだ。

町の人々には確かに魔女の言い伝えが受け継がれている。けれど、どこか半信半疑といった様子でもあり、仰々《ぎょうぎょう》しい儀式が継承されているわけでもない。

それが、ファネリ診療所の評判がよくなり始めた頃から、急に魔女の噂《うわさ》が表に出てきて、不穏な動きが始まった。

また、ジータが惚れ薬を作ってほしいなどと言い出したり、診療所で不吉な話をしたり……極めつきに、彼女はエミリアのハーブティーで体調を崩した。

「とにかく、後は何とかなりそうですし……僕は診療所に戻ります。エミリアのことも心配ですので」

アロマの効果もさすがに切れる。そろそろエミリアが目覚める頃だ。

「そうだね。また後で、ラーゴへ行くときに連絡するよ。軍の人は移動魔法を使うだろうし、俺もそれに便乗出来ると思うから」

移動魔法は高度な魔法であり、主に軍人や高等教育を受けた人間が使うものだ。彼らの中には他人を一緒に連れて行くことが出来る者もいる。

クラドールの治癒《ちゆ》魔法とは力の使い方が違うので、アルベルトは移動魔法を使えない。そのため、城下町までは馬車で来た。

そのせいで移動だけでかなりの時間がかかってしまうし、急いで帰る必要があるだろう。

「はい。ありがとうございました。では、後ほど」

アルベルトはロレンツォに礼を言い、会議室を出た。


馬車を降りてすぐ、アルベルトは異変に気づいた。

診療所の看板がぐちゃぐちゃに塗り潰され、入り口には小石や割れた薬瓶などが転がっている。

明らかに診療所に向かって投げられたものだ。

「エミリア……！」

ぞっとして、慌てて診療所の中へ踏み込む。

幸い室内は荒らされていない。そのことに束《つか》の間《ま》安堵したアルベルトだったが、急いで二階へ上がった。

「エミリア？」

静かな声で妻の名を呼びつつも、嫌な予感に鼓動が落ち着かない。

「エミリア」

寝室のドアを開けて、息が止まりそうになった。中に誰もいなかったからだ。

アルベルトは弾かれたように引き返し、階段を駆け下りる。

そのまま診療所の外へ出たのと同時に、怒鳴り声が聞こえてきた。

「貴様……！　魔女は……どこだ!?　ジータ、をっ……どこへ、やった！」

オスカルが血相を変えて、アルベルトに突進してくる。

彼は汗だくで、今にも呼吸が止まりそうなくらい、ひゅうひゅうと変な音が呼吸音に混じっていた。馬車を出させることも忘れ、屋敷から走ってきたらしい。

「ジータ様もいないのですか？」

アルベルトのジータ「も」という言葉に、オスカルはわなわなと震え、奇声を上げた。エミリア「も」いないと理解し、何か想像したのだろう。

「ジータを返せ！　毒を盛っただけでは飽き足らず、今度は連れ去るなどっ!!　お前ら、ジータに何かあったら殺してやる！」

オスカルはアルベルトの胸倉に掴みかかり、乱暴に彼の身体を揺らした。

どうやら、完全にエミリアがジータを連れ去ったと信じているようだ。

しかし、エミリアがいなくなって焦っているのはアルベルトも同じ。

ただの買い物に行ったならいいが、今日、この状況でその可能性は低い。

それに、エミリアはアルベルトの行動を怪しんでいたのだ。外に出たい、自分も協力したいと言っていた。

特に、ジータの容態を気にしていたし、彼女に会いに行った可能性は十分考えられる。

だが、もちろん無断で屋敷に上がり込むことはしないだろうし、ジータを連れ去るわけもない。

オスカルの様子からして屋敷へ行ったという線はなさそうだ。

「放《はな》してください」

アルベルトはオスカルの手を引《ひ》き剥《は》がす。

「ジータ様が連れ去られたという証拠はあるのですか？」

「うちには使用人が何人もいるんだぞ。ジータが出て行くことに気づかないはずがない。それが誰も、訪れた人間や出て行ったジータを見ていないのだから、魔女の仕業《しわざ》以外に何があるっていうんだ！」

エミリアがスコット家の屋敷を訪れていないとなると、残るのはジータが自《みずか》ら屋敷を抜け出した可能性だった。

「それでは、エミリアがジータ様を連れ去ったとは言い切れませんね」

「な、何だと!?」

アルベルトは呆れつつ、顔を真っ赤にして怒るオスカルを睨《にら》みつけた。

「とにかく、僕はエミリアを探さなくてはいけません。すみませんが、今は貴方《あなた》の相手をしている場合ではないのです」

アルベルトはオスカルを無視して走り出した。馬車はすでに帰ってしまっていたし、今から呼び直すくらいなら走った方が速い。

ジータは、おそらくグイドに会いに行ったのだ。

彼はエミリアを魔女に仕立て上げ、アルベルトと一緒にラーゴから追い出そうとしている。

エミリアを連れ去って、更にアルベルトたちを追い詰めようとしているに違いない。彼女に危害が及んでいなければいいが……グイドはやっかいな薬を作っていたし、何が起きてもおかしくなかった。

（エミリア……！　無事でいて）

アルベルトはそう願いつつ、一目散に隣町への道を駆けた。

＊＊＊

頭が痛い。何度も何度も誰かに殴られているみたいに、ガンガン響く痛みだ。

「う……」

エミリアはこめかみの辺りを押さえ、呻《うめ》いた。

「エ、エミリア先生？」

ジータのか細い声に何とか顔を上げると、彼女ははらはらと涙を零《こぼ》してエミリアを見下ろしていた。

記憶が途切れる前、彼女は魔法で拘束《こうそく》されていたが、今は縄で縛《しば》られている。エミリアも同様らしく、身体が動かない。

「エミリア先生、大丈夫ですか？」

「ん……」

頭痛はひどいが、眩暈《めまい》や嘔吐感《おうとかん》は治まった。エミリアは後ろで縛《しば》られた両手を合わせ、治療魔法の呪文を唱える。

本当は患部に直接魔法を施《ほどこ》すのがいいのだけれど、出来ないので仕方ない。効き目は遅いし薄いが、何もしないよりはマシだ。

鈍痛が治まるくらいまで自分を治療し、エミリアは身体を捩《よじ》って何とか上半身を起こした。

「ここは、どこですか？」

「わかりません……でも、診療所のどこか、もしくはその近くだと思います。私たち二人を運ぶのは大変でしょうから」

エミリアの問いに、ジータは不安そうに、これまでとはうって変わった神妙な口調で答える。

部屋は暗く、家具などは置いていない。窓もないし、生活空間や診療に使う部屋とも違いそうだ。外部にボーラで助けを求めるにしても、状況を把握しないと見つけてもらえないだろう。

「ジータ様、身体は？　痛いところがあるなら治療をします」

「わ、私は……大丈夫、です」

涙声で答え、ジータはぐすっと鼻をすすった。

「それならよかったです。でも、ここがどこなのかがわからないと助けも呼べませんよね……まだ診療所だったらいいんですけど」

「ごめんなさい」

「え……？」

自分に向かって頭を下げるジータを、エミリアは複雑な気持ちで見つめた。

ジータはグイドと共謀してエミリアを魔女に仕立て上げようとした。怒っていないと言ったら嘘になってしまう。

けれど、ジータもまたグイドに利用されたらしいという事情は、先ほどのやりとりでエミリアにもわかった。だから、彼女に同情の気持ちもあった。

ジータはきっとグイドのことが本当に好きなのだ。好きな人の役に立ちたいという思いは、エミリアにも理解出来る。

「どうしてこんなことをしたのか……教えてくれますか？」

グイドが様子を見に来たら、何か聞き出せるかもしれないが、今は大人しくしている方が賢明だろう。

ここでジータに怒って仲違《なかたが》いをしても意味がない。

それならば、少しでも事の真相について聞く方がいいと思った。

ジータは顔を上げて目を見開き、頷いて喋《しゃべ》り始める。

「もうわかっているとは思うけれど、私の好きな人はグイド先生です。ファネリ診療所が出来るとき、患者が減るから困ると言っていた彼に、出来ることがあるなら助けになると申し出ましたわ。もちろん、それで気を引きたかったからよ」

予想通りの告白に、エミリアも頷きつつ先を促《うなが》す。すると、ジータは言葉を続けた。

「お父様が最初にファネリ診療所の開設に反対していたことはご存知でしょう？」

「ええ」

だが、ラーゴの人々の賛成多数で、アルベルトたちが引っ越してきた。

「アルベルト先生は噂《うわさ》以上に優秀な方ね。ファネリ診療所は瞬《また》く間に患者さんの信頼を得て、隣町からも来る人がいるくらい。逆に、グイド先生は患者さんが減ってしまって困っていたわ」

それで、ジータはファネリ診療所の評判を落とそうと考えついた。

「ちょっと悪い噂《うわさ》を流せば、スペルティ診療所へ戻る人が増えると思ったのよ」

噂《うわさ》を信じるかどうかは人それぞれ。すべての人々が戻らなくても、隣町からは、遠い上に悪い噂《うわさ》のあるファネリ診療所まで行く人はいなくなるだろう。ラーゴの住民も、スペルティ診療所を選ぶ人が多少は増えるかもしれない。

そんな軽い気持ちだった。

「惚れ薬は、もしかしたら……本当に出来たら使えるくらいの考えだったのよ。馬鹿らしいと感じるかもしれないけれど、無理矢理頼めば、面倒見のいいアルベルト先生なら引き受けると思ったの。グイド先生も、アルベルト先生は未知のことを研究するのが好きだって言っていたから」

つまり、クラドールとしてのアルベルトの探究心と優しさを利用することにしたのだろう。

「診療所で貴女《あなた》をけしかけたことは、グイド先生に話したわ。私が役に立ったことを知ってほしかった。湖で貴女《あなた》に会った日の話よ。そうしたら、貴女《あなた》から何か薬を処方してもらって、具合が悪いフリをしろって頼まれたの」

それについては、さすがにやりすぎではないかと迷っていたジータだったが、ちょうどエミリアに会ってハーブティーをもらう運びになってしまったそうだ。

「私、期待していたんだわ。悪いことだけど、グイド先生が私を頼ってくれた。もしかして私の気持ちが伝わったのかも……なんて」

そして、ジータはカルロが淹《い》れてくれたハーブティーを飲んだ。

「そうしたら、本当に熱が出て、死にそうなくらい苦しかったわ。貴女《あなた》みたいなぼんやりした人が毒を混ぜるなんて信じられなかったから、ただハーブの栽培に失敗したんだって思った。でも、これで私が流した噂《うわさ》が本当になるって安心もしたの。でも……」

慌てたオスカルが呼んだグイドは、ジータを治療しながら、二人きりになった瞬間、信じられないことを口にした。

「『エミリア先生のハーブティーは貴女《あなた》にあげるものだったんですね。毒を混ぜておいてよかった』って」

「毒を……混ぜた？」

エミリアは掠《かす》れる声で呟いた。

そして、市場でグイドらしき人物とぶつかったときのことを思い出す。ハーブティーの袋を落としてしまい、拾ってくれたのは彼だった。

まさか、あの一瞬で毒を入れたというのだろうか。

「協力すると言っていた私の手にハーブが渡って、都合がよかったのよ。お父様も激怒して、貴女《あなた》を追い出そうと躍起《やっき》になって……もし私が飲まなくても、エミリア先生が不利になることに変わりはないし」

「で、でも……どうしてそこまでして私たちを追い出したいなんて……」

グイドのやり方には違和感を覚える。こんなに派手な騒動を起こしたら、グイドが犯人だと露見する危険も増す。

それに、ジータはグイド側についていたとはいえ、自分が毒を盛ったのをわざわざ教えてしまうなんて、迂闊《うかつ》すぎやしないだろうか。

あの狡猾《こうかつ》なグイドなら、正直もっとうまく立ち回れると思う。

そのとき、男の声がした。

「アルベルト先生は優秀すぎますからね」

パシャリと水の音がして、エミリアは閉じ込められた部屋に水場があることに気づいた。

よく見ればエミリアたちのいる場所の対角に井戸らしきものがあったが、暗くて気がつかなかったのだ。

そこからグイドが現れ、エミリアは息を呑む。

移動魔法を使える人間が、こんなに身近にいるとは思わなかった。

どの属性にも移動魔法は存在するが、一様に難易度が高く、主に軍人が使う高度な魔法として知られている。

「グイド、先生……」

「物忘れなんて、よくあることなのに……まったく、嫌味なくらい勘もいい。彼は先日、私の薬を手に入れたみたいでしてね。すべて回収したとばかり思っていたのですが、注意が足りませんでした。早く手を打たないと研究結果が出てしまいますから、私も焦っているんです」

表情はあまり変わらないが、その威圧感は凄《すさ》まじく、エミリアの身体が震える。

「く、薬って……？」

「記憶を消す薬ですよ。これから貴女《あなた》たちにも飲んでいただきます」

ドクン、と心臓が嫌な音を立てる。

物忘れは誰にだってあることだ。確かに何度かそういう症状があったと言っていた患者さんはいたが、皆笑い話にしていた。それに、最近はそんなことはないとのことだったので、エミリアは問題視していなかったのだ。

それが薬のせいだとしたら――

「な、何で……そんなこと……っ」

記憶は脳が司《つかさど》る大事な機能である。それを消すというのは、脳に何かしらの刺激を与えるということ。

記憶を消すという行為自体も恐ろしいけれど、脳に作用する薬が他の症状を併発しないとは言い切れない。命にも関わることだ。

「人間は都合の悪いことは忘れたいものでしょう。そして、他人に忘れてほしい記憶だってある」

そう言いながら、グイドはコツ、コツと足音を響かせてエミリアに近づく。

「記憶がなければ、その出来事は起こらなかったのと同義です。嫌な思い出から政権争いや殺人まで、使い方はいろいろあります。この薬が完成したら高く売れますよ。もちろん、表には出せませんが……そこの娘の哀れな父親のように、喉《のど》から手が出るほど欲しがっている人間はたくさんいます」

「お、お父様が？」

ジータはそれを知らなかったのか、身体を強張らせ声を震わせている。

「ええ。妻のことを……彼女を亡くした悪夢を忘れたいと、研究に力を貸してくださいました」

「そんな……！」

記憶を消す薬など、クラドール協会が許可するわけがない。当然、グイドは秘密裏《ひみつり》に研究をしていたのだろう。研究の申請をしなければ、補助費が出ない。おそらく、それをオスカルが援助していたのだ。

「ただ、彼は短絡的にすぎますね。ジータがエミリア先生の噂《うわさ》を広げてくれたとき、一番食いついたのがオスカル様でした。何とか大事《おおごと》にしようと躍起《やっき》になって……それがすべて余計なことだと気づいてくださらなくて困りましたよ。薬が完成したら飲ませればいいだけなのに」

わざわざ事態をかき回して迷惑だとでも言わんばかりのグイド。彼は「そのせいで薬を飲ませる人数が増えてしまった」と肩を落とした。

「実験も苦労しているのです。記憶喪失が何人も出たらさすがにバレてしまうので、少しずつ風邪薬に混ぜて効き方を調べていたのですが……今日は、ジータにこれを試していただこうと思います」

そう言って、グイドは白衣のポケットから薬瓶を取り出した。

「私の計算が正しければ、これでさっぱり記憶のお掃除が出来ます。生きるか死ぬかは、実験をしたことがないのでわかりません。死んでしまったら、ジータと一緒に行方不明になった魔女が疑われるでしょう。エミリア先生にはほとぼりが冷めるまでこの地下室で過ごしていただきます。魔女を飼っていたというファネリ診療所の信頼も地に落ちますし、一石二鳥ですね」

グイドが蓋《ふた》を外した瓶をジータの口元に差し出し、ジータは恐怖に慄《おのの》く。

「やめて！」

エミリアが叫ぶが、グイドはまったく動じることなくジータの顎《あご》を掴み、小瓶を傾けた。

「――――！」

エミリアは咄嗟《とっさ》に呪文を唱えて、ジータの口の中へ注《そそ》がれる薬を水泡で包み込んだ。

治療以外の魔法はほとんど使う機会がないので、コントロールはあまりよくないが、大半の液体は水泡の中へ入ってくれた。エミリアは気力でそれを彼女から離れたところに飛ばし、割る。

「けほっ」

ジータは咳き込み、口の中に入ってしまった少量の薬を吐き出す。

「チッ」

「ジータさ——きゃっ」

グイドは舌打ちをし、エミリアの身体を押し倒して首に手をかけた。

「死にたくなければ、余計なことをしないでください。それとも、貴女《あなた》が飲みますか？」

「うっ、ぐ……」

強く押さえ込まれ、息が出来ない。

「私はどちらが飲んでくれても構いません。貴女《あなた》が死んだら、私が仕留めたということにしてオスカル様に献上すればいいのです。ジータにも私に危機を救ってもらったと説明させましょう」

エミリアを床に押さえつけたまま、グイドは新しい薬瓶の蓋《ふた》を開け、それを彼女の口元に近づけた。

「んぅ」

「学習しないですね」

唇を引き結び、僅《わず》かな抵抗をするけれど、鼻を摘《つま》まれると息が出来なくてどうしようもなくなる。

（もう、ダメ……）

苦しさに負けそうになったとき、グイドがパッとエミリアから手を離した。霞《かす》む視界の中で、彼が天井を睨《にら》みつけている。

「旦那様の迎えだ」

「ア……アル？」

「ちょうどいい。あの人にも薬の研究のことを忘れてもらわないといけません」

エミリアにそう言い放《はな》ち、グイドは乱暴に彼女を立たせた。

それから彼女を引きずるようにして井戸へ行き、そこへ投げ込む。冷たい水に放り込まれたと同時に身体が重くなって、エミリアは水に沈んだ。

「――っ⁉」

渦《うず》に呑み込まれるみたいな感覚が襲ってきて、一瞬息が出来なくなった。だが、それはすぐに過ぎ去って、代わりに全力で泳いだ後のような疲労感が湧き上がる。

何が何だかわからないうちに、井戸から引き上げられ、ようやく身体が軽くなった。いつの間にか、身体を拘束《こうそく》していた縄が取れている。

眩《まぶ》しくて目が開けられないが、外に出たのだろうということはわかった。この井戸は外と地下室を繋ぐもので、エミリアは移動魔法で連れ出されたらしい。

グイドは再びエミリアを引きずって行く。重い瞼《まぶた》を何とか開けると、診療所の裏口と思わしき景色が目に入った。

「エミリア！」

グイドが診療所のドアを開けて屋内へ入ってすぐにアルベルトの声が響く。

「アル……？　う……っ」

エミリアが床に這《は》いつくばったまま視線を上げると、肩で息をする汗だくのアルベルトの姿が見えた。

「アル……っ」

エミリアは床に手をついて身体を持ち上げ、よろよろと立ち上がる。アルベルトの方へ歩こうとしたけれど、ぐいっと力強く首に腕を回されて、顔を歪《ゆが》めた。

「……おっと、待ってください」

「エミリア！」

巻きつくグイドの腕に手をかけてもがこうとするが、力が入らない。

アルベルトはグイドとエミリアを交互に見て、口を開く。

「グイド先生、貴方《あなた》の研究はすでにクラドール協会にも伝わっています。記憶に働きかける薬なんて、非道です」

「そうでしょうか？　人には忘れたい記憶が必ずあります。事あるごとに思い出して、何度も同じように苦しむのなら、それを忘れる方がずっと楽でしょう」

グイドはそう言って、エミリアの首を一層強く締め付ける。

「たとえば、目の前で妻を殺されたとして、貴方《あなた》はその光景を一生覚えていたいと思うのですか？」

「エミリア！　やめろ、放《はな》せ！」

「近づかないでください。驚いて、本当に首を折ってしまうかもしれませんよ」

躊躇《ちゅうちょ》を感じさせないグイドの言動に、アルベルトは一歩踏み出しかけた足を戻す。

「さて、ここでエミリア先生を助ける方法は一つです。貴方《あなた》がこの薬を飲むこと」

そう言って、グイドは薬の小瓶をアルベルトに投げつけた。

「これで私の研究について忘れていただければ、エミリア先生を解放しましょう。まぁ、おそらくエミリア先生のことも忘れてしまうと思いますが……それはそれで、魔女に操《あやつ》られていたという説明が出来ますね」

アルベルトは唇を噛《か》んでグイドを睨《にら》みつける。

グイドの喋《しゃべ》り方は先ほどからまったく変わらず、感情の起伏がない。けれど、彼に拘束《こうそく》されてすぐ近くにいるエミリアは、僅《わず》かに彼の機嫌がよさそうだということがわかった。

首の締め付けも、今は何とか呼吸が出来る程度に緩《ゆる》んでいる。

(少しだけ、なら……)

グイドは、エミリアを人質にとってアルベルトを追い込んでいることで油断していた。エミリアが抵抗しないはずだという余裕もあるのだろう。

素早く呪文を唱えられれば、怯《ひる》ませることくらいは出来そうな気がした。

「アル……飲んじゃ、だめ……」

「……っ」

エミリアが声を振り絞り、アルベルトの瞳を真っ直ぐ見つめる。今からやろうとしていることを、彼は悟ってくれるだろうか。

エミリアは頭の中で、昔習った呪文を反芻《はんすう》する。

「さぁ、早く飲んでください。言っておきますが、中和魔法を使えばすぐにわかります」

エミリアとアルベルトのアイコンタクトには気づかなかったのか、グイドが更に続ける。

「その場合は、妻の首が折れま――」

不意をつくなら、今しかない。

エミリアは出来る限りの早口で呪文を唱えた。途端、水しぶきが上がり、驚いたグイドが腕の力を緩《ゆる》める。その一瞬の隙をついて彼の腕から逃れた。

彼女を捕らえようと、グイドも魔法を繰り出す。その気配を感じてエミリアが振り返ると、診療所の前で拘束《こうそく》されたときと同じ水の縄が襲いかかってきた。

咄嗟《とっさ》のことで、エミリアは体勢も不安定で無防備な状態だった。そんなエミリアを庇《かば》って前に出たアルベルトが、水の縄を凍らせる。

「アル、危な――やめて！」

だが、その間に距離を縮めていたグイドが、ポケットから取り出したナイフをアルベルト目がけて振り下ろした。

「アル!!」

「ぐっ……」

一瞬のことで、何も出来なかった。

アルベルトの呻《うめ》き声が、思わず目を瞑《つぶ》ってしまったエミリアに届く。

（嘘……）

エミリアは冷たくなった手足を震わせ、おそるおそる目を開いた。

床に滴《したた》り落ちる血……そこから視線を上げるのがとても怖い。

「研究馬鹿かと思ったらそうでもないのですね。そういうところも苛立ちます」

しかし、グイドが苦々しそうに言い放《はな》つのを聞き、ハッとしてアルベルトを見る。

彼は手に氷の膜を張って、ナイフを掴んで受け止めていた。勢いが強かったためか、皮膚《ひふ》が切れてしまっているようで、そこから血が滴《したた》っている。

「その言葉、そのままお返しします」

アルベルトはそう言うと、ナイフを自分の方へ引っ張り、グイドの下腹部に水の魔法を押し込んだ。

「うっ」

グイドは顔を歪《ゆが》め、その場に蹲《うずくま》る。魔法の源《みなもと》である器官を一時的に止めたらしい。

強制的かつ急激にそれをすると、バランス感覚にも支障をきたして眩暈《めまい》などを起こす。今まで滞《とどこお》りなく流れていた気——所謂《いわゆる》魔法の力が止まってしまうせいだ。

アルベルトはグイドの身体を更に魔法で拘束《こうそく》し、ふぅっと息を吐き出した。

「僕、体育会系じゃないんだけどな……」

アルベルトがこんなに攻撃的な魔法を使うところを見たのは初めてで、エミリアは口を閉じることも忘れて立ち尽くす。

「ア、アル……」

エミリアの困惑交じりの呼びかけに振り向いたアルベルトは、みるみるうちに目を吊り上げ、声を荒らげた。

「エミリア、どうしてこんな危険なことをしたんだ！」

「――っ！　ご、ごめんなさ……」

エミリアはビクッと身体を強張らせ、反射的に謝る。

こんな風に怒鳴られるのも初めてだ。

「家で待っていてって言ったはずだよね？　僕に任せてくれれば大丈夫だからって」

「で、でも……私も、出来ることをやりたくて……」

「出来ることって何？　このこと外に出て、捕まって、僕を心配させること？　こんな危険な事態になって……もしかしたら本当に殺されていたかもしれないんだよ！」

矢継《やつ》ぎ早《ばや》に言われ、エミリアは両手を握り締め俯《うつむ》く。

確かに、結果的にエミリアが無茶をしただけになってしまったし、反省している。けれど、彼女に睡眠効果のあるアロマを嗅《か》がせてまで家に縛《しば》り付けようとしたアルベルトの行動だって、よいこととは言えない。

自分の行いを省《かえり》みつつも、もやもやした気持ちが湧き上がってきて、エミリアは唇を噛《か》み締めた。

「僕はエミリアを守るって約束したよね？　僕を信用出来ないってこと!?」

「――っ」

プチッと、エミリアの中で何かが切れた。

その勢いに押されるように、彼女はアルベルトの頬を思いっきり叩く。

「私を信用してくれないのはアルの方じゃない！」

アルベルトの頬が赤くなっているが、エミリアの手もじんじんと痛い。

痛くて、悔しくて、彼が助けに来てくれて嬉しい気持ちも混ざって、でもやっぱり悲しくて……

涙が止まらなかった。

「私だって、アルの助けになりたかったのに……っ、アルは、全部一人で解決しようとして何も教えてくれないし……大丈夫だからって、そればっかりで！　私が何もわからないと思ってたんでしょう！　アロマにも細工するし。それに、惚れ薬も、変なことするし……っ」

とりとめもなく、今まで溜まっていた不満が涙と共に溢れてくる。

「副作用なんて嘘ばっかり。本当は研究なんかしていなかったのに。面白がっていたの？　私が何も知らない新米クラドールだからって、からかっていたの？」

「そんなんじゃ――」

「じゃあ何！」

エミリアはアルベルトが差し出した手を思い切り叩き、ヒステリックに叫ぶ。

「エ、エミリア……」

エミリアに叩かれたことがショックだったのか、彼女の支離滅裂《しりめつれつ》な叫びに困惑しているのか、アルベルトもおろおろと戸惑う。先ほどまで怒っていたのが嘘のようだ。

けれども、エミリアの怒りは収まらない。

「大丈夫、大丈夫、って全然大丈夫じゃなかったじゃない！　私が傷つくかもって、そんなの傷つくに決まってるよ。でも、落ち込んでたらアルが慰《なぐさ》めてくれれば、私は元気になれる。何も知らないままで済ませちゃうより、私だっていろいろな経験をしたいのに。どうしてわからないの⁉」

「わ、わかった。エミリア、落ち着いて。ごめん、謝るから――」

アルベルトはエミリアのあまりの勢いに仰《の》け反《ぞ》り、宥《なだ》めるみたいに両手のひらを彼女に向けて、状況を収めようとしている。

「全然わかってないよ！　大体、アルはいっつも楽天的すぎて――」

それでもエミリアは今まで言えなかったことを叫び続けた。軍の小隊を率《ひき》いたロレンツォが仲裁に入ってくれるまで――


「エミリア、大丈夫？」

「はい……」

一通りの事情聴取が終わり、エミリアはロレンツォに付き添われてスペルティ診療所の待合室にいた。

エミリアが泣きじゃくっている間に到着したロレンツォは、彼女を宥《なだ》め、軍人はそれぞれ診療所の家宅捜索や事情聴取などの任務にとりかかった。

エミリアは先ほどまで軍人に今回の経緯を話し、今はアルベルトが事情を聞かれている。

ジータはエミリアの証言で地下室から救出され、ロレンツォが治療をし、診察室で眠っている。

治療もしたし、飲んだ薬はほんの少しだったらしく大した影響はないそうだ。

エミリアは診療所の前にくっつけておいたボーラを軍に証拠として提出し、ジータとグイドから聞いたことを話した。

『グイド先生！　いるのでしょう！　一体どういうことか、説明してください！』

『ジータ。こんにちは。もう体調はよろしいのですか？』

『なっ‼　白々しいですわ！　私に毒を飲ませるなんてひどいではありませんか！』

『あれは事故です。あのハーブティーがジータへのものだとは知りませんでしたから』

ボーラには、ジータのハーブティーに毒を入れたのがグイドだということがわかる会話が入っていた。

ジータが目覚めてすべてを話せば、グイドの罪は更に明確になるだろう。

「オスカル・スコットの屋敷にも今、他の小隊が行ってくれている」

エミリアの証言が確実となった今、オスカルにも捜査の手は及ぶ。彼は危険な薬の開発に手を貸したのだ。厳重な処罰が下されることとなる。

「ごめんね、エミリア。俺たちが後手に回ったせいで危険な目に遭《あ》わせたね」

ロレンツォはそう言って、今までのことを話してくれた。

アルベルトに不審な薬の報告を受け、グイドの動向を探っていたこと。グイドの作る薬が危ないものだと突き止めたこと。

そして、今日ようやくすべての証拠を揃え、グイドを告発する準備が整ったということも。

ジータが惚れ薬を依頼したのについても、最初から疑っていたらしい。彼女の父であるオスカルがファネリ診療所を嫌っているのに、その娘が近づいてくるというのは不自然だったからだ。それで、ひとまず研究するふりをして、彼女を泳がせてみたという。

結局オスカルとジータの親子はグイドとそれぞれ繋がっていたのだ。

話を聞きながら、エミリアは気持ちが落ち込んでいくのを感じた。

エミリアが大人しく家で待っていれば事件はスムーズに解決したはずなのに、余計なことをしてしまった。

自分も役に立ちたいだなんてわがままでかき回したのだ。

ジータがあんな目に遭《あ》ったのも、エミリアが見つかったせいだった。エミリアが彼女の後をつけたことで、グイドに都合のよい状況を作り出してしまったのだから。

「私……余計なことをしてばっかりで……」

「それは違うよ」

ロレンツォが首を横に振る。

「エミリアはアルベルトの役に立ちたいって思ったんでしょう？　それは妻として自然な気持ちだ。アルベルトはエミリアを守りたいって言っていた。でも、全部自分でやることが守るってことではないんだよ」

軍人との話が終わり、近づいてきたアルベルトにも、ロレンツォが言い聞かせる。

「……ごめん。エミリア。反省しているよ」

「アルは悪くない。勝手なことをしてごめんなさい。私も、もっと根気強く話し合いをしようって言えばよかったの」

先ほど、感情に流されてアルベルトへの不満をぶちまけてしまい、思ったのだ。自分は今まで彼に遠慮しすぎていたのだと。

彼に守られている、彼ならわかってくれるということに甘えていた。

言わなきゃ伝わらないことは、たくさんあるのに……

そのせいでアルベルトを心配させたし、怪我もさせてしまった。

「ごめんなさい。助けてくれて、ありがとう」

「僕も、ごめんね」

お互いに謝り合い、二人の雰囲気が和《やわ》らいだところで、ロレンツォはフッと笑った。

「後のことは、俺たちが引き受けるよ。アルベルト、協力してくれてありがとう。診療所は明日から再開していいよ。スペルティ診療所が業務停止だから、しばらくは忙しくなるかもね。今日は二人ともゆっくり休むといい。さぁ、馬車を手配してあるから」

ロレンツォは二人の背を優しく押して送り出してくれた。

家に着いた二人は、交互にお風呂に入り疲れを癒《いや》した。

軽く食事を済ませて早々に寝室へ引き上げたが、二人の間にはまだぎこちない雰囲気が残っている。食事のときの会話も少なかった。

「エミリア」

ベッドの上で、アルベルトがエミリアを引き寄せる。

ぎゅっと抱きしめられると、やっと日常に戻ってきた気がした。

「アル……ごめんなさい」

エミリアはアルベルトの背に手を回し、もう一度謝罪を口にする。

「アルは私のことを考えてくれていたのに、勝手なことをして。でもね、困ったことがあったら、私も一緒に解決したいの。頼りないかもしれないけど、相談くらいしてほしいんだよ」

それが夫婦なのだと思う。少なくともエミリアの望む関係は、一方が与えるばかりの偏《かたよ》った愛ではない。

弱いところも受け入れて、受け入れてもらって、お互いに支え合いたい。

「うん、ごめん。エミリアのこと、信用していないわけじゃないんだ。エミリアを守るのは夫である僕の役目だって思ってて……でも、それじゃあ一方的な自己満足だったんだよね。ちゃんと話すべきだった」

アルベルトはエミリアの髪を手で梳《す》きつつ、彼女の額《ひたい》に自分のそれをくっつけた。

「惚れ薬のこと……ジータ様は、診療所設立に反対だった父親のために、診療所の評判を落とそうと依頼に来たんだって思ってたんだ。よくある嫌がらせなら、のらりくらりかわせばいいし、引き受けたら……まぁこんなことになったんだけど。引き受けなくても、見捨てられたただ何だって噂《うわさ》を広められただろうし」

その間に、アルベルトはグイドの薬が怪しいことに気づき、隣町に調査へ出向いたのだ。風邪を引いた人のほとんどが二度診察を受け、薬もその都度処方してもらっているのに、残りを持っている人がなかなか見つからなかったのも、疑いを深める要素だった。

つい数日前に風邪を引いたという人の薬を分けてもらうことに成功したのは、アルベルトの粘《ねば》り勝ちだろう。

あとはエミリアも知っている通り、それは記憶を消すための成分を含んでいたというわけだ。

「だから、エミリアからジータ様の想い人がクラドールだって聞いたとき焦ったんだ。ジータ様は父親じゃなくて、グイド先生と繋がっていたんだって気づいてね」

アルベルトは、はぁっとため息をついて「ミスター・スコットとグイド先生も繋がってたんだから、結局同じようなものだけど」と付け足す。

「何はともあれ、エミリアが無事でよかったよ」

「よくないよ！　惚れ薬のことも、ちゃんと説明して」

また話を流されそうになって、エミリアはアルベルトの胸を叩いた。

「あれは……もう気づいているでしょう？　媚《び》薬《やく》だよ」

「それは、何となく……」

最初はまったく疑っていなかったから、本気で副作用をどうにかしなければと考えた。今にして思えば、我ながら間抜けだと脱力してしまうけれど……

「そうじゃなくて、私が知りたいのは媚《び》薬《やく》を使った理由だよ」

クラドールとしてちょっと間抜けな自分が恥ずかしくて、エミリアは頬を膨らませ上目遣いにアルベルトを睨《にら》みつけた。

「そんなの、積極的なエミリアが見たかったからに決まってるでしょう。エミリアはいつも恥ずかしがって、どうしてほしいか言ってくれないから」

ふふっと笑って言うアルベルト。

「う……そんなこと、言ってほしいものなの？」

エミリアは俯《うつむ》いて、しきりに耳に触れたり、そこに髪をかけたりしつつ問う。

「知りたいよ。エミリアだって、僕に言ったでしょ？『アルは何も教えてくれない』って。僕が考えていること、知りたかったんでしょう？　同じだよ」

「お、同じ……？」

何だか違う気もするが、確かにエミリアは教えてほしかったと言った。言わなければ伝わらないことはあるんだとも思った。

アルベルトもエミリアが感じること、思うことをもっと知りたいと感じてくれているのだ。

もっと二人で、いろいろなことを分かち合いたい。

「そう。エミリアはいつも恥ずかしがって教えてくれないし、隠そうとするから。羞恥《しゅうち》なんてどうでもよくなってしまうくらい、夢中になってくれたらいいなって……」

「……でも、薬でそうなって、アルは本当に嬉しいの？」

エミリアが問うと、アルベルトは僅《わず》かに視線を泳がせ、目を伏せた。

その反応を見て、エミリアは媚薬《びやく》を使われたとき、強すぎる快感に翻弄《ほんろう》されつつ願ったことを思い出す――アルベルトに感じていたのは惚れ薬のせいじゃない、と伝えたかったことを。

アルベルト自身、媚薬《びやく》が効いているかどうかをとても気にしていた。彼も、きっと不安だったのだろう。

エミリアが積極的になってくれているのを喜びながらも、性欲に流されているだけかもしれない……と。

「不安にさせていたことは、ごめんね。でも、薬はもう使わないって約束して。そんなものがなくても、アルに触れてもらうの……好きだから。だって、アルのこと、大好きだもん」

エミリアは熱くなった顔を隠すみたいに、アルベルトの胸に顔を押し付けた。ぎゅっと腕を彼の身体に回して、触れている部分から自分の気持ちを伝えるように抱きしめる。

「エミリア……」

「は、恥ずかしいのは、アルが格好よすぎるからなんだからね。私だって……本当は、見たいし、触りたいんだから」

「へ……わっ」

エミリアは大胆な告白の勢いのまま、アルベルトの身体を思い切り両手で押し倒した。

予想外の出来事に、アルベルトはぼふっとベッドに沈み込む。彼の身体に覆《おお》いかぶさって、エミリアは唇を引き結んで涙目になっていた。顔も真っ赤だ。

彼女はアルベルトの寝巻きのボタンに手をかけ、震える指でそれを外しにかかる。ゆっくりと、しかし確実に一つ一つボタンを外し、彼の肌を露《あらわ》にした。

いつもは布の下に隠されている逞《たくま》しい身体。普段は見えないものを見ることに背徳感を覚えて、とてもドキドキする。

広い肩幅、逞《たくま》しい胸、引き締まった腹……大きな手に、綺麗で長い指。

エミリアは薄く筋肉のついた胸板にするりと手を滑《すべ》らせた。

「……っ」

ピクッとアルベルトの身体が跳ねる。心臓の辺りを撫《な》でると、彼の速い鼓動が伝わってきて嬉しくなる。

エミリアは固まったままのアルベルトの表情を見つめ、彼の唇を奪った。

しっとりと重なる柔らかな唇をペロリと舐め、エミリアは少し顔を離した。

アルベルトは目を見開いて彼女を見つめている。

「わ、わかった……？　私だって、アルに触りたいって」

緊張で心臓が破裂しそうだ。声も掠《かす》れて震え、アルベルトがするみたいに色っぽく誘惑出来ない。

そのせいか、彼はずっと動かず、困惑しているように見える。

「……ア、アル？」

エミリアが呼びかけると、アルベルトは彼女の腕を掴み、上半身を起こした。

「こんな誘い方が出来るなんて……知らなかったな」

「さ、誘……っ、で、でも、アル、固まってて……全然、その……」

欲情してくれていないのではと、直接聞くのは憚《はばか》られて、もごもごと口の中に言葉を溜め込んでしまう。

「ん？　固まっちゃうって、それは仕方ないでしょう？」

アルベルトは何だか意地悪を思いついた様子で、ニヒルな笑みを浮かべ、エミリアの手を自分の足の間に滑《すべ》らせる。

ズボンの下で、昂《たかぶ》りが膨らんで硬くなっているのがわかった。

「そ、そういう意味で言ったんじゃなくて……っ」

ボン、と音がしそうなほど、顔に熱が急激に集まってくる。

「そういう意味で誘ってくれたんじゃないの？」

「ええ？　それは、そうなんだけど……」

「じゃあ、ほら。もっと触ってほしいな」

アルベルトは声を弾《はず》ませて、エミリアの頬にちゅっとキスを落とす。それから彼女がボタンを外したシャツを脱ぎ捨てて、両手を広げた。

首を少し傾げて「さぁ、どうぞ」と言わんばかりの笑顔だ。

自分から「触れたい」と言い、押し倒してしまった手前、引くに引けない。それにアルベルトも嬉しそうだし……

エミリアはごくりと唾を呑み込み、再び彼の胸に手を滑《すべ》らせる。

今まであまりじっくり触ったことがなかったので、変な感じだ。意外にすべすべしていて、体温も高くて心地よい。

エミリアが夢中で彼の上半身に触れているうちに、アルベルトの手も寝衣の上からエミリアの身体をなぞり始める。

「あ……」

「エミリア、キスして」

吐息混じりにねだられ、エミリアは吸い寄せられるように彼の唇に自分のそれを押し当てた。

「ん……」

アルベルトもエミリアも、すぐに口を開いて舌を擦り合わせる。アルベルトの舌が口腔《こうこう》を探り、差し出した舌を吸い上げられた。

激しくなっていくキスに、エミリアはアルベルトの首にしがみついた。

歯茎《はぐき》や上顎《うわあご》を舐められると、脳が痺《しび》れるみたいにぼんやりしてくる。それとは対照的に身体はその先を求めて敏感になった。

背中や腰を撫《な》でていたアルベルトの手が、大胆に臀部《でんぶ》の双丘を揉《も》みしだく。

まだ触れられていない胸の先端が硬く尖《とが》り、寝衣の薄い布を押し上げている。その疼痛《とうつう》に、エミリアは自然と身体を揺らし、彼の胸板に胸を押し付ける。

すると、アルベルトの手が胸へと伸びた。ふにふにと弾力を確かめ、尖《とが》った蕾《つぼみ》の存在に気づくと指先で小刻みに刺激する。

同時に、唇がエミリアの首筋を伝っていく。

「あぅっ、ん……あ、あっ」

「硬くなってるね。可愛い」

アルベルトは胸元にもたくさんのキスを落とすと、そのまま布の上から胸の頂《いただき》を咥《くわ》えた。

「ああっ」

歯を立てられ、甘噛《あまが》みされた後、じゅっと音を立てて吸われる。

布の上から舐めたり噛《か》んだり、吸ったりされて、エミリアはアルベルトの肩を掴んで悶《もだ》えた。布が間に挟まるせいで、いつもとは違う擦れ方になる。それを意識すると弱い刺激も十分強く感じるのだ。

けれど、やはり物足りなくなってきて、エミリアはアルベルトの頭を無意識のうちに引き寄せ、もっと密着しようとした。

「あぁ……ん、は……んぅ、ん」

「足りないの？　脱ぐ？」

アルベルトが顔を上げて問いかけてきたため、視線が合って恥ずかしくなる。彼にはエミリアの気持ちなんてお見通しなのだ。エミリアは唇を噛《か》み締めて、思わず首を横に振ろうとしたものの、アルベルトの表情を見て動きを止めた。

彼の瞳が、心配そうに揺れていたからだ。

ちゃんと伝えようと決心したばかりではないか。そう思い直し、エミリアはこくりと頷いた。

「う、うん……脱ぐ……」

か細い声だったけれど、きちんと言えた。エミリアは羞恥《しゅうち》で彼の目を見ていられず、ぎゅっと目を瞑《つぶ》り、寝衣の肩紐に手をかける。

「え、あ、エミリア？」

アルベルトがぎょっとしたような声を上げたが、エミリアは自《みず》ら肩紐を落とし、胸の膨らみを露《あらわ》にする。

おそるおそる目を開けると、アルベルトの喉《のど》が動いたのがわかった。視線が彼女の乳房に釘付けだ。

「……アル？」

不安になって腕を胸の前で交差させると、アルベルトはハッとしてエミリアを見上げた。

「ご、ごめん……脱いでくれるとは思ってなかったから……」

どうやらアルベルトは、エミリアが頷けば脱がせてくれるつもりだったらしい。積極的にならなければと思うあまり、先走ってしまったようだ。

「なっ……」

羞恥《しゅうち》に言葉が出てこない。エミリアは口をパクパクさせ、自分の身体を抱きしめて縮こまろうとした。

しかし、それをアルベルトが止め、彼女の腕を胸の前から除けた。

「びっくりしたけど、嬉しい。エミリアが僕のために頑張ろうとしてくれて。ご褒美《ほうび》……気持ちよくなって」

そう言った彼が、ちゅっ、ちゅっと胸の膨らみに口付ける。胸の形に沿って舌を這《は》わせつつ、アルベルトの手がエミリアの足の付け根に伸びた。

「あっ」

下着の上から秘所をなぞり、すでに溢れる蜜を確かめてから下着を太腿《ふともも》へ落とす。

そして今度は秘所全体を手で包み込み、何度か撫《な》で回した後、指で割れ目をなぞった。

アルベルトは指に蜜を絡めて、泉へ差し込む。最初は入り口をくちゅくちゅとかき回し、新たな蜜が零《こぼ》れる度に少しずつ奥へ……やがてエミリアの隘路《あいろ》に根元まで沈んだ彼の指が、いやらしく動き出す。

「あっ、ああ……ッ、あんっ」

ぬるぬると奥の壁を擦られる。エミリアのいいところを熟知しているアルベルトは、彼女を絶頂へと追い上げようと指を動かし続けた。

胸の蕾《つぼみ》も再び熱い口内に含まれ、舐められてじんじんと疼《うず》いている。

それにお腹の奥で生まれる愉悦《ゆえつ》が加われば、もう抗《あらが》えない。

「あぁん、あっ、あ、ダメ……もう……あぁぁ」

エミリアがアルベルトにぎゅっとしがみついたのと同時に、彼女の中は蠢《うごめ》いてアルベルトの指を締め付けた。

膝がガクガク震え、エミリアはアルベルトの首筋に頬をくっつけて寄りかかる。

「気持ちよかった?」

「ん……」

「そっか。よかった」

アルベルトが頭を撫《な》でてくれるのが心地よくて、エミリアは素直に頷く。

肌が火照《ほて》って汗が滲《にじ》んでいるが、アルベルトの肌も同様に熱くて、エミリアは彼の首筋に唇を寄せた。

同じ家に暮らして、同じシャンプーや石鹸《せっけん》を使っているはずなのに……それとは違う、何か男性らしい匂いにドキッとする。

「エミリア……っ」

最初こそ自分からアルベルトに触れたものの、結局受け身になって快感を貪《むさぼ》ってしまった。

エミリアはそう反省しつつ、おずおずと申し出る。

「ん……アル、私も……アルのこと気持ちよくしたい」

「……本当？」

アルベルトの瞳が情欲に揺れる。エミリアは再び頷き、彼のズボンに手をかけた。アルベルトが腰を浮かせてくれるのに合わせて引く。

露《あらわ》になった昂《たかぶ》りはすでに硬く反り上がって主張している。

エミリアはアルベルトの膝から下り、それに手を添えるとゆっくり扱《しご》き始めた。

「……っ」

アルベルトが息を詰め、エミリアの肩を抱えていた手を震わせる。

芯《しん》を持った雄の根元から先端まで何度も往復させ、くぼみや先端はアルベルトの表情を窺《うかが》いつつ丁寧に指でなぞった。

彼が眉根を寄せたり、熱い吐息を零《こぼ》したりするのを見ると、エミリアもキュンとして泉の奥から蜜がまた溢れる。

何だかエミリアの方が興奮してしまう。

媚薬《びやく》は飲んでいないはずなのに……こんなに熱くなってしまって恥ずかしい。だが、自分がアルベルトを求めているのだと行動で伝えられることが、嬉しくもありくすぐったい。

彼がエミリアの愛撫《あいぶ》を悦んで受け入れてくれているからだろう。

エミリアはもっとしたくなって、屈《かが》んで昂《たかぶ》りに唇を近づけた。

「っ、く……」

先端を咥《くわ》えると、アルベルトのお腹に力が入る。声を出すまいと我慢しているらしい様子も堪《たま》らないが、抑えきれない喘《あえ》ぎ声にも煽られる。

彼がいつもエミリアに声を我慢するなと言う理由がわかった気がした。

エミリアは口をいっぱいに開けて、喉《のど》の奥まで呑み込み、出来るだけ大きく頭を上下させる。唾液を絡めると卑猥《ひわい》な音がして、エミリアの大胆な行為を知らしめるみたいだった。

「ん、エミリア……」

「——きゃっ」

アルベルトが震える手をエミリアの腰へ滑《すべ》らせ、そのまま濡《ぬ》れそぼった秘所に触れる。まだ口での愛撫《あいぶ》は始まったばかりなのに……

そう思ったとき、アルベルトがベッドに寝転び、エミリアの足を掴んで自分の身体を跨《また》がせる。

「え？　ア、アル？　やだ、こんな……っ」

エミリアはアルベルトの上に覆《おお》いかぶさり、秘所を彼の目の前に晒《さら》す格好をさせられていた。

彼女も彼の昂《たかぶ》りを掴んだままで、お互いに一番無防備な場所が見える状態だ。

「一緒に、しよ……」

「きゃあっ、あっ、ああ……」

グッと腰を引き寄せられ、秘所に彼の温かな吐息がかかる。そう思ったのも束《つか》の間《ま》、すぐに彼の舌が秘所をなぞった。

溢れる愛液でしとどに濡《ぬ》れた柔肌《やわはだ》を啄《ついば》むみたいにキスして、花びらを舐めたり吸ったりした後、彼の指が花園を開く。

「やらしい……」

「いやぁ」

羞恥《しゅうち》の涙をぽろぽろ零《こぼ》し、首を捻《ひね》って彼を振り返るが、あられもない場所をじっと観察されている様子が目に入ると、更にいたたまれなくなる。

「ダメだよ、エミリア。一緒にって言ったでしょう？　ちゃんと僕のもして……」

ゆらりとアルベルトの腰が揺らめき、握ったままだった彼のものがエミリアの手に擦れた。

「僕のこと、見たいし触りたい……そうだよね？」

先ほど自分で告白したことを繰り返され、エミリアはうぅっとべそをかく。こんな上級（？）テクニックをいきなり要求されるとは思っていなかったのに。

しかし、言ったことは本音であるし、媚薬《びやく》なしでもアルベルトを求めているとわかってほしい。

それに、このままぐずっていても、この体勢でアルベルトに恥ずかしい場所を見られ続けることになる。

ここまできたら、退《ひ》くわけにもいくまい。

エミリアはやや考えてから、覚悟を決めた。

彼女も握っていた熱塊に舌を這《は》わせ始める。先ほどアルベルトが気持ちよさそうにしていた部分を重点的に、舌をすぼめて刺激していると、彼が時折零《こぼ》す吐息が秘所にかかった。

「ふぁっ」

そうすると、エミリアの腰も震えて声が出てしまう。それがまた、アルベルトのものを舐める舌の動きや零《こぼ》れる吐息を不規則にして、彼の快楽になる。

そんな二人の淫靡《いんび》な繋がりは、どんどん濃厚になっていく。

アルベルトは蜜口に舌を差し込み、まるで喉《のど》の渇きを満たすかの如《ごと》く溢れる愛液を啜《すす》る。エミリアも昂《たかぶ》りの先端に滲《にじ》む精を舐め、更に求めるみたいに先端をちゅうっと吸う。

ぐちゅぐちゅといやらしい水音と、熱く籠《こ》もった吐息。互いに熱を与え合うことで、エミリアの蜜壺は十分に潤《うるお》い、アルベルトの雄は一層猛《たけ》る。

夢中になって高め合ううちに焦れてきたのは、二人同時だった。

「エミリア……もう、挿《い》れたい」

「アル……もう……っ」

はぁっと同じように悩ましく息を吐き出し、お互いを見やる。

エミリアは疼《うず》きに従い、身体の向きを変えてアルベルトに覆《おお》いかぶさった。

そして、すでにはちきれんばかりに勃《た》ち上がった昂《たかぶ》りを掴んで秘所に宛がう。

「エミリアがしてくれるの……？」

「……うん」

アルベルト自身をこんなに長く愛撫《あいぶ》したことはなかったかもしれない。今日、それをしてみて、彼の反応を嬉しいと思っている自分に気づいた。

積極的にアルベルトを求めることで、自分も満たされるのだ。

ぼんやりする頭で、そんなことを思う。

「あん、あぁっ……は、あ、あっ、あぁッ」

大きな屹立が隘路《あいろ》を埋め、圧迫感が増す。自分の体重が乗ることで深く、より密着して感じる。

エミリアはアルベルトの胸に手をついて、おずおずと腰をくねらせた。

秘所を擦り付けるようにすれば、花芯がアルベルトの恥骨に刺激されて気持ちいい。自分で強弱をコントロール出来る分、絶頂には至らないギリギリのところで波を調節出来る。

「ふ……エミリア、すごい……気持ちよさそう」

アルベルトが眉根を寄せつつも、頬を緩《ゆる》めてエミリアを見つめている。こげ茶色の瞳は慈愛に満ちていて、エミリアも思わず微笑んだ。

「んっ……いい……あっ、これ、すごく……気持ちいいの……んん、止まらなくなっちゃ……っ」

「うん、いいよ。好きなように動いて」

アルベルトはそう言うと、エミリアの胸に手を伸ばした。

「あぁっ、あ、だめぇ……一緒に、したら……あん、ン、はあっ」

くりくりと硬くなった蕾《つぼみ》を摘《つま》まれて、電流が走る。

ダメだと口にはしたが、エミリアは自分でも腰の動きを止められず、襞がうねってアルベルトの昂《たかぶ》りに絡みついた。

先端が当たるお腹の奥が苦しいような、しかしもっと強く突かれたいような、歯痒《はがゆ》さに似た感覚がどうしようもない。

そんなじれったさと悦楽が混ざって溢れる蜜は、アルベルトの足や下腹部をも濡《ぬ》らし、エミリアが腰を前後させる度にくちゅくちゅと音を立てた。

揺れる乳房はアルベルトの手の中で形を変え、流れた汗は頬を伝い、顎《あご》から彼の肌に落ちる。

エミリアは苦しさから解放されたくて、一層強く秘芽を擦りつけた。

ぷっくりと膨らんだそれは、待ち望んでいた快楽を憚《はばか》ることなく享受する。

「ああっ」

身体が一瞬縮まったみたいにギュッと力が入る。それからすぐに、エミリアが上半身をアルベルトの身体の上にくたりと倒した。

アルベルトはエミリアの髪を梳《す》いてくれる。まるで子供を褒《ほ》めるような温かさを感じる行為だ。

「アル……ごめんなさい、私……だけ……」

エミリアの中に埋まったままの屹立はまだ爆《は》ぜていない。

「何で謝るの？　僕も気持ちよかったよ」

アルベルトはエミリアを抱えたまま身体を起こし、彼女の額《ひたい》や頬にたくさんのキスを落とした。

エミリアの顔に張り付いてしまった髪も除けてくれる。

「ん……」

絶頂の後の穏やかな愛撫《あいぶ》はとても心地よく、エミリアはアルベルトに身を委《ゆだ》ねた。

アルベルトはそっと彼女の身体をベッドに倒し、今度は彼が彼女に覆《おお》いかぶさる体勢になる。

「もう少し、するけど……いい？」

「ん、して……」

アルベルトに問われ、エミリアは彼の背に手を回し身体を引き寄せた。

それを合図にアルベルトの腰が動き始める。

先端まで引き抜いて根元まで埋め込むことをじっくりと繰り返され、再びエミリアの熱が緩《ゆる》やかに蓄積されていく。

「あ……アル……あっ、あぁん」

自分でするのとは違うけれど、アルベルトが与えてくれる甘い痺《しび》れ以上に気持ちいいものはないように思える。

アルベルトは丁寧にエミリアの膣壁を探り、奥の強い快感が生まれる場所を巧みに突く。

激しくはないものの、的確にそこを掠《かす》めては引かれると、じれったさと期待とが混ざり合って、中が屹立を離すまいと絡みついた。

「ああ……アル、んっ、んぅ」

緩《ゆる》やかな動きをやめないまま、アルベルトの唇がエミリアのそれを塞《ふさ》ぐ。

すでにお互い息が上がっていて苦しいはずなのに、離れたくないとばかりに濃厚な口付けを繰り返した。

飲み込みきれない唾液が口の端から零《こぼ》れても気にならないくらい、夢中で求め合う。

「あ、エミリア……」

アルベルトの荒い息が耳元や首筋に下りたり、胸の蕾《つぼみ》にかかったり……そしてまた唇に戻ってくる。

どんどん膨れ上がる愉悦《ゆえつ》が堪《たま》らない。エミリアは悶《もだ》える度に腰が自然と揺らめいて、屹立を締め上げてしまう。

アルベルトは微《かす》かに呻《うめ》き、目を瞑《つぶ》ると律動を激しくした。

「あぁっ、あ、あっ、んあっ」

大きく揺さぶられ、エミリアは背を反って枕に顔をこすり付け、身をくねらせた。

何度も突き上げられ、繋がった場所から激しい愉悦《ゆえつ》が生まれて身体中を支配する。

激しく求められる幸福感が湧き上がるのと同時に、アルベルトも満たされていることを確認したくて、何とか目を開いて彼の姿を映す。

アルベルトはじっとエミリアを見つめていた。彼女がうっすらと目を開けたのを見て、彼の喉《のど》が動く。

「エミリア……あ、くっ……」

アルベルトの全身に滲《にじ》む汗の匂いすら、エミリアを欲情させる。嫌だなんて、これっぽっちも思わない。

「ああ……っ、アル、好き……好きなの……もっと、来て……」

「んっ、エミリア。僕も……っ」

ベッドが軋《きし》み、行為の激しさを物語る。アルベルトは呼吸を乱しつつも、エミリアを攻め続けた。

「もう……出す、よ……」

「んっ、あぁっ、あ、んぅ、はっ」

苦しそうなアルベルトに、コクコクと何度も頷く。彼はエミリアをより一層強く抱きしめて、腰を打ちつけた。

その交わりが、エミリアを愉悦《ゆえつ》の頂点へと押し流していく。

アルベルトの律動に合わせてガクガクと揺れていた足が痙攣《けいれん》し、爪先に力が入った。

「ああっ、あ、あんっ、あ――」

一際大きな波に攫《さら》われた瞬間、エミリアはアルベルトの腰に足を巻きつけて身体を震わせた。アルベルトも更に数回腰を擦りつけ、精を吐き出す。

熱い白濁がお腹の奥に放《はな》たれるのを、エミリアは目を瞑《つぶ》って感じた。

しばらく二人とも放心状態だったが、やがてアルベルトがベッドに手をついてエミリアの様子を窺《うかが》う。

「エミリア……」

「ん」

まだぼんやりとしたままのエミリア。アルベルトは彼女の汗を手で拭《ぬぐ》いつつ、キスを落としていく。

「愛してるよ」

優しく囁《ささや》いてくれる夫の愛の言葉は、肌を合わせた余韻《よいん》とともにじんわりエミリアに染み込んでいく。

「私も……愛してる。アル、ん……っ」

へにゃっと笑って返すと、まだ中に埋まったままの昂《たかぶ》りが熱を取り戻したように感じ、エミリアは身悶《みもだ》える。

「ごめん……もう一回、していい？」

「え、あっ」

エミリアの答えを聞かないままに、アルベルトは彼女の膝を腕に引っかけてグッと腰を進めた。

「ああっ、待って、今は——ひゃぁっ」

まだ絶頂を引きずっていたエミリアには大きすぎる刺激だ。しかし、アルベルトは我慢出来ないと言わんばかりに屹立を抜き差しし始める。

「やぁっ、アル、だめ……」

悲鳴のような声が出てしまうのを抑えたくて、エミリアは口元に片手を当てる。もう片手を彼の方へ伸ばして止めようとするが……

「そんな涙目をされると……逆効果……」

「えっ？　え、あっ、あぁッ」

アルベルトから見ると、いじらしい姿にしかならなかったらしい。

結局、その夜は何度も何度も求められた。

エミリアは夫に求められるまま積極的に、媚薬《びやく》を飲んだときよりも乱れてしまった。だが、アルベルトはとても喜んでくれたので、今回の騒動に感謝にも似た複雑な気持ちを抱くエミリアだった。

＊＊＊

事件の発覚直後、ラーゴは田舎町《いなかまち》ののんびりした雰囲気からは一変して騒がしくなった。軍人が何人もスコット家の屋敷に出入りし、町の人々も事情聴取をされたせいだ。

グイドから風邪薬を処方された人は、ロレンツォが診察をすることになった。今日はその場を提供したファネリ診療所に、久しぶりに人がたくさん訪れた。

アルベルトとエミリアも協力を申し出たが、ロレンツォが気を遣って休むよう勧めてくれたため、二階の自宅で待機している。

「エミリア……ごめんね」

「アルのせいじゃないよ」

エミリアの隣に座っていたアルベルトが、申し訳なさそうに項垂《うなだ》れたので、彼女は弱々しく微笑み返す。

一連の事件の顛末《てんまつ》が明らかになり、エミリアが魔女だという誤解は解けた。しかし、町の人々の態度は余所余所《よそよそ》しいままで、エミリアはこの町を出て行かなければならないだろうと考え始めている。

（せっかく馴染《なじ》めてきていたのに……）

最初こそ不安だったけれど、ラーゴの町は住み心地がよくて、町の住民ともうまくやれていたと思っていた。

けれど、それも今回の魔女騒動で台無しだ。

エミリアは容姿が言い伝えの魔女によく似ているらしいし、誤解だったにしても一度嫌疑がかかってしまった。町の人々の心に、不安の種が蒔《ま》かれたことには変わりない。

彼らがエミリアの存在のせいで、これからも怯《おび》えながら暮らすことになるのは忍びない。それに、クラドールというのは信頼されて成り立つ職業だ。

「いいや、僕のせいだよ。僕がもっと慎重になっていたら、エミリアに向けられた悪意に早く気がつけた。エミリアに何も話さないで、勝手にロレンツォ先生と計画を進めてしまったのだって僕が悪い」

「もう、それは昨日謝ってもらったでしょう?」

責任を感じている様子のアルベルトの背を、エミリアはそっと撫《な》でた。

二人の仲直りは、昨日済んだのだ。エミリアにこれ以上アルベルトを責める気持ちはない。結果的にはよくなかったが、彼が妻を巻き込まないようにと……エミリアを守ろうと奔走《ほんそう》してくれたことは嬉しかった。

「そうだけど、でも……もしかしたらラーゴを出て行かなくちゃいけないかもしれない」

「そう……だね」

エミリアが考えていたのと同じことを言われ、否定出来ない。すると、アルベルトは重苦しい息を吐き出した。

「ラーゴに引っ越してきたのも僕のわがままだったのに……」

この町に引っ越してきた際に、エミリアが未知の場所で不安を抱えていたことを知っているからこそ、アルベルトは自分の失態に更に落ち込んでしまったようだ。

「そ、そんなことないよ! ここに引っ越してくることは二人で話し合って決めたじゃない」

確かにアルベルトから言い出したことではあるが、エミリアは賛成したし、後悔もしていない。

「また新しい場所でも、アルがいれば平気だよ」

エミリアが「ね?」と夫の俯《うつむ》いた顔を覗き込んだとき、診察を終えたらしいロレンツォがリビングに顔を出した。

「エミリア、アルベルト。ちょっと下りておいで」

彼は穏やかな笑顔で二人を手招きしている。

「……はい」

アルベルトが頷いて立ち上がったので、エミリアも後を追う。

そうして一階の診療所の待合室に誘導され、中に足を踏み入れたエミリアは、驚きに一瞬息が止まった気がした。

そこには、町の人たち……主に市場で働く人々が集まっていたのだ。

エミリアを見て、皆一様に視線を泳がせ、ばつの悪そうな顔になる。

「ほら、あんたたち！」

しばし誰も言葉を発しなかったが、その中にいたガブリエラが痺《しび》れを切らしたように大きな声を出す。そして、近くにいたイラーリオのお尻をパシッと叩いた。

「痛っ……あ、いや……その……」

勢いで前に一歩出たイラーリオは、後頭部を掻《か》きながら口ごもり、恐る恐るといった様子でエミリアを見た。

「悪かったな」

そう言って頭を下げた彼に続き、他の皆も次々と謝罪の言葉を口にする。

「まったく、エミリア先生は、ラーゴに来てからずっと私たちのために働いてくれていたっていうのに、あんたたちときたら……迷信なんかにかこつけてエミリア先生を傷つけて！」

ガブリエラは興奮冷めやらぬ様子で、町の人々を叱り付けた。彼らはしゅんと肩を落とし、彼女のお説教を黙って受けている。

「アルベルト先生もエミリア先生も、もうこんな薄情な町には懲《こ》り懲《ご》りだろう。見捨てられても文句は言えないね」

ガブリエラがそう言うと、住民たちはハッと顔を上げてエミリアを見る。

「まさか、ラーゴを出て行くのかい？」

「そんな……考え直してください。あんな迷信を真に受けた私たちが悪かったんです！　エミリア先生もアルベルト先生も、とても親切で優秀なクラドールなのにひどいことをしてしまって……」

「そうよ！　エミリア先生は悪くないわ」

住民たちがざわつく中、診療所の入り口から、一際大きな声が響いた。

エミリアがそちらへ顔を向けると、ジータがこちらへ歩いてくる。

今日のドレスはいつもと違って質素で、化粧もしていないようだ。それでも顔色は悪くなく、足取りもしっかりしていて、エミリアは安心した。

「ジータ様……よかった、もうお身体は大丈夫なんですね」

「ええ。おかげさまで」

ジータはそう答え、アルベルトやロレンツォの方へ軽く会釈《えしゃく》をしてからエミリアに向き直る。

「エミリア先生、ラーゴの人たちは悪くないの。確かにお父様は昔の人だし、お母様たちを亡くしたせいもあって魔女の存在を信じていたわ。私だって、そういうことも世の中にはあるんじゃないかって思っている……」

ジータの母親のことは、そんなに昔のことではない。ここに集まった人々もよく覚えているはずだ。

彼らだって、昔からラーゴに住んでいて魔女の迷信を言い聞かされていれば、半信半疑とは思いつつも恐れが刷《す》り込まれるだろう。

「でも、今回のことは私とお父様が魔女の伝説を利用したせいよ。惚れ薬を作れなんて無茶なお願いをしたり、診療所で騒いだり……アルベルト先生にもご迷惑をおかけしました。だから、この人たちのことは許してあげてください。本当にごめんなさい！」

「エミリア先生、ごめんなさい！」

「「ごめんなさい！」」

ジータが深く頭を下げ、町の人々も続いて謝罪を繰り返す。

この町を出て行かなければならないかもしれない――そんな、先ほどまでの悲しかった気持ちが消えていく。

「皆さん……頭を上げてください。私、この町が好きです。だから、これからもここで診療所を続けたいと思っています。皆さんが必要としてくださるなら、精一杯応《こた》えたい。それが、クラドールの務めであり、私の願いです」

エミリアがそう言うと、町の人々の表情に安堵が広がる。ジータもホッとした表情で顔を上げた。

「よかったね、エミリア」

ロレンツォがそっと頭を撫《な》でてくれて、エミリアは満面の笑みで「はい」と頷いた。

アルベルトも安心した様子でエミリアの手を握ってくれる。

「それなら、早く看板を直さないとね。イラーリオ、ちゃんと準備はしてきただろうね？」

「ああ、もちろんだ！」

ガブリエラが言うと、イラーリオは腕捲《まく》りをしてニッと笑う。町の人々も彼に協力しようと外へ出たり、ファネリ診療所の再開を喜んだり、診療所は一転して明るい雰囲気になった。

エミリアはそんな人々を見て、改めてラーゴでやっていく決意をする。

いろいろなことがあったけれど、それもこの町に馴染《なじ》むために必要なことだったのかもしれない。

この町の住人になるからには、もっと知らなければならないことがたくさんあるだろう——そう、思いながら。

＊＊＊

それから数ヶ月。

エミリアが魔女だという噂《うわさ》はすっかりなくなり、彼女たちの生活も元通りになっていた。

変わったことは、当然ながら領主が代わったことと、スペルティ診療所がなくなったこと。

グイドの診療所からは、家宅捜索で更にいろいろな危険薬が見つかった。魔力のリミットを外す薬や、水に細工をして無理矢理移動魔法を発動させるものまで、実に数十種類だという。

どれも使用者のリスクを無視した力の増幅に特化した薬が多く、記憶を消す薬も然《しか》り、すべてが違法なものだ。

グイドが移動魔法を使ったり、たくさんの魔法を使いこなしたりしていたのは薬のおかげだったようだ。地下室と裏庭の井戸を繋ぐのにも使われていた。

しかし、本来の自分のキャパシティを超えて魔法を使うことは、身体に負担をかけ命の危険にも繋がる。

取り調べにあたったロレンツォの話によると、グイドはしきりに自分が優秀だと主張していたらしい。

自分は誰もが恐れるほどの才能を持っている、王家専属クラドールに任命されなかったことはおかしい、と。

エミリアはそれを聞いたとき、とても悲しいと思った。

恐れ——人々に恐れられることは、クラドールの仕事から一番遠いところになくてはならない。自分たちの仕事は、人々を癒《いや》し、彼らに安心を与えるものだから。

クラドールの頂点に登れなかった悔しさが、彼に間違った努力をさせたことは、エミリアの胸をひどく痛ませた。

もちろん彼はクラドールの資格を剥奪《はくだつ》され、更なる処罰については軍の裁判待ちだ。

援助をしていたオスカルも領地を没収され、ジータと共に今はラーゴよりも辺境の地で監視付きの暮らしをしているのだとか。

町の人々が修理してくれた診療所は、順調。彼らとは、以前よりも深く信頼関係を築けていると思う。

そんな中、エミリアのもとに嬉しい変化が訪れた。

彼女はアルベルトがまだ寝息を立てているうちに起き出し、こっそりと診察室へ下りる。

今朝は調べたいことがあったのだ。比較的周期の安定していた月のものが遅れているのである。

検査に使う道具を戸棚から出し、逸《はや》る鼓動を抑えつつ、エミリアは呪文を唱えた――


「アルー！」

エミリアは、少々興奮気味に階段を上った。

寝室へ入り、まだ寝ぼけ眼《まなこ》なアルベルトに飛びかからんばかりの勢いで抱きつく。

「ん、エミリア。おはよう。どうしたの？　今日はいつにも増して早起きだね」

アルベルトは朝から元気な妻の身体を受け止め、ふぁっとあくびをした。

「あのね、赤ちゃんが出来たの」

「……」

エミリアの報告を聞いて、アルベルトは固まってしまう。

まだ夢の続きを見ているかのような様子に、エミリアはアルベルトの頬をつねってみた。

「アル？　赤ちゃんだよ。嬉しくないの？」

「え、あ……？　いや、う、嬉し……」

エミリアをポカンと見ていたアルベルトは、彼女の下腹部に視線を落とし、そしてまた視線を上げた。その目が大きく見開かれていく。

「……赤ちゃん？」

まだ信じられないのか、首を傾げる。エミリアはプッと噴き出した。

「うん。そう、赤ちゃん。ほら」

あんなに子供を欲しがっていたのに、いざそうなると現実味がないのだろうか。

エミリアも検査をしたばかりだし、まだ体調の変化などもあまりないので、実感は薄い。

でも、確かに彼女のお腹には小さな命が宿っている。

エミリアは検査に使った細い棒をアルベルトに差し出した。青い波線が何本か浮き出ている。妊娠すると分泌《ぶんぴつ》される物質が魔法に反応して現れるのだ。

「赤ちゃん……！」

ようやく、情報処理が出来たらしいアルベルト。わなわなと震え、突然立ち上がったかと思うと、彼はエミリアの身体を持ち上げくるくると回る。

「わ、アル」

「やった！　エミリア！」

急な浮遊感に驚いたものの、アルベルトがとても喜んでいるのを見て、エミリアも嬉しくて声を上げて笑う。

ひとしきり笑い合い、幸せを噛《か》み締めた後、アルベルトはエミリアをぎゅっと抱きしめた。

「ありがとう……今、人生で一番嬉しいかも」

「アル、結婚式でも同じことを言ってたよ」

彼の体温に包まれて、クスクスと笑う。

「いいんだよ。幸せな一番はたくさんあるほうが」

「……うん」

アルベルトの言う通りだ。

これからも、たくさんの幸せを一緒に経験するのだろう。

次の一番はこの子が生まれるときだなと、エミリアは未来に思いを馳《は》せるのだった。

＊＊＊

エミリアはベビーベッドの柵《さく》に肘《ひじ》をつき、うっとりと頬を緩《ゆる》めた。

数ヶ月前に産まれた可愛らしい娘は、柔らかなブランケットに包まれて、すやすやと寝息を立てている。

毎日慌《あわただ》しくて大変だし、診療所に出られる時間も減ってしまったが、安心しきった様子で眠る我が子を見ると疲れも忘れられる。

「可愛いなぁ……」

親馬鹿だとは思うが、ついそんなことを呟く。

ただ眠っているだけなのに、こんなに愛おしく感じるなんて——はぁっとエミリアがため息を吐き出したとき、寝室の扉が静かに開いた。

「エミリア？」

こそっと囁《ささや》くように呼びかけ、中を覗くのはアルベルトだ。彼はエミリアに手招きされて、ゆっくりこちらに近づいてくる。

「セシル、寝たの？」

「うん、ほら……」

促《うなが》されてベビーベッドを覗き込んだアルベルトも、娘の寝顔を見て微笑む。

「可愛いでしょ？」

「うん。でも、エミリアも可愛い」

「きゃっ」

アルベルトはふふっと声を出して笑うと、エミリアを抱き上げてベッドに連れて行く。そしてベッドへ倒れ込み、妻を膝の上に乗せて嬉しそうにしていた。

「セシルが寝たなら、僕の番」

「もう！　んっ」

アルベルトの胸を叩こうとしたエミリアは、手を掴まれて前に倒れる。そのまま唇が重なって、エミリアは仕方なく力を抜いた。

ちゅっ、ちゅっと軽いキスが繰り返される。それがしばらく続いた後、満足したらしいアルベルトがエミリアの髪を彼女の耳にかけた。

「セシルが生まれる前に、アルが取られちゃうってわがままを言ってたのは、エミリアだったのになぁ」

冗談めかしつつも、少し寂しそうなアルベルトに、エミリアの胸がきゅんと疼《うず》く。

「なんか……アル、可愛い」

そう言うと、アルベルトは驚いて目を見開いたが、すぐにクスクスと笑い出す。

「エミリアがセシルに取られちゃって、寂しいんだ」

「またそんなこと言って。アルだって、セシルが起きてるとずーっと構ってるじゃない」

「そうかな？　じゃあお互い様だ」

二人は額《ひたい》をくっつけて、ふふっと笑い合う。

「じゃあ、今はセシルが寝てるから、僕に構って」

「うん……いいよ」

夫のわがままに、エミリアは素直に頷いて唇を寄せた。

愛しい人との間に生まれた娘を可愛がるのは当然だ。だからといってアルベルトとの時間が要らなくなったかというとそうではない。彼も同じ気持ちだろう。

どっちも大切な時間で、比べられるものではないけれど……やっぱり恋しくなる。

娘が眠っている束《つか》の間《ま》に訪れる夫婦の時間は、甘くてとても幸せなひとときだ。

お前と、長く一つに なっていたいから。

絵画を学ぶために異国に留学中のルナ。ところが彼女はスランプに陥ってしまった。そんなルナはある日、ひょんなことから出会った軍人に悩みを打ち明けることに。彼は「恋をすると芸術家は変わる」と助言し、自分が仮の恋人になると言い出した！
その日から、優しく淫らな手ほどきが始まり——!?

定価：本体1200円+税　　Illustration：れの子

お前の身も心も、火をつけてやる。

かつての苦い失恋が原因で、恋を捨てたピアノ講師のフローラ。そんな彼女はある日、生徒の身代わりとして参加した仮面舞踏会で、王子に見初められてしまう。身分差を理由に拒むフローラだけれど、彼は彼女を強引に囲い込み、身も心も奪って―― ？

情熱のシンデレラ・ストーリー！

定価：本体1200円+税　Illustration：八坂千鳥

Noche
ノーチェ

甘く淫らな恋物語

ノーチェブックス

艶事の作法も
レディの嗜み!?

マイフェアレディも楽じゃない

佐倉《さくら》紫《ゆかり》
イラスト：北沢きょう

亡き祖父の遺言によって、突然、伯爵家の跡継ぎとなった庶民育ちのジェシカ。大反対してくる親族たちを黙らせるため、とある騎士から淑女教育を受けることになったけれど——彼のレッスンは騎士団仕込みで超スパルタ！　しかも、夜は甘く淫らなスキンシップを仕掛けてきて……？　ドキドキのロマンチックラブ！

詳しくは公式サイトにてご確認ください
http://www.noche-books.com/

携帯サイトはこちらから！

Noche
ノーチェ

甘く淫らな　恋物語

オオカミ王子の懐に潜り込め!?

定価：本体1200円＋税

密偵姫さまの㊙《まるひ》お仕事

著 丹羽庭子　**イラスト** 虎井シグマ

ル・ボラン大公国の姫エリクセラ。ある時、彼女の国に、悪名高い隣国から侵略を宣言する手紙が届く。そこでエリクセラは、大国の王子のもとへ助けを求める嘆願書を届けたのだけど……任務完遂後も帰してもらえず、王子の私室で軟禁状態に!?　そのうえ彼は、熱く逞しい手で昼夜を問わず迫ってきて――？

夜の任務はベッドの上で!?

定価：本体1200円＋税

乙女な騎士の萌えある受難

著 悠月彩香　**イラスト** ひむか透留

とある事情から、男として女人禁制の騎士団に入ったルディアス。すべては敬愛するキリアドール陛下に仕えるため。乙女な心を隠しつつ、真面目に任務をこなしていたある日のこと。突然、敬愛する陛下に押し倒された！　しかも、ルディアスが女だと気づいていたらしく、黙っている代わりに夜のお相手をしろと言ってきて？

詳しくは公式サイトにてご確認ください。

http://www.noche-books.com/

掲載サイトはこちらから！

皐月もも（さつきもも）
埼玉県出身。2012年よりWebに小説を公開し、2015年「燃えるような愛を」で出版デビュー。趣味はフルート。

イラスト：東田基

溺愛処方《できあいしょほう》にご用心《ようじん》

皐月もも（さつきもも）

2017年 4月 30日初版発行

編集－反田理美・羽藤瞳
編集長－塙綾子
発行者－梶本雄介
発行所－株式会社アルファポリス
〒150-6005東京都渋谷区恵比寿4-20-3 恵比寿ｶﾞｰﾃﾞﾝﾌﾟﾚｲｽﾀﾜｰ5F
TEL 03-6277-1601（営業）　03-6277-1602（編集）
URL http://www.alphapolis.co.jp/
発売元－株式会社星雲社
〒112-0005東京都文京区水道1-3-30
TEL 03-3868-3275
装丁・本文イラスト－東田基
装丁デザイン－ansyyqdesign
印刷－中央精版印刷株式会社

価格はカバーに表示されてあります。
落丁乱丁の場合はアルファポリスまでご連絡ください。
送料は小社負担でお取り替えします。
©Momo Satsuki 2017.Printed in Japan
ISBN978-4-434-23227-5 C0093